是自願
讓他殺了我

目錄

警察辦案、人性探索以及燒腦樂趣一次到位的作品

林斯諺／東吳大學哲學系助理教授，
台灣推理小說作家

逢時是國內知名的小說家、劇作家，曾出版過多本輕小說，也有如《人面瘤》這般的驚悚作品，算是文壇的新秀。這本《我是自願讓他殺了我》則是她貨真價實的推理小說。

本書以警探周行為主角，描述他深入追查一件帶有諸多疑點的「協助自殺」案：一名女子被殺，最大嫌犯聲稱女子要他協助自殺，果真如此嗎？在周行的追查下，層層真相不斷被揭露。

由於本書以警察為主角，初讀時很容易被讀者歸類為警察小說，但作者用意其實不在書寫警察程序或追究警察體系與國家機器的問題。毋寧說，作者是透過警察小說

的外衣書寫社會派議題，亦即關於犯罪的根源、人性與正義。也因為這樣的方向，作者對於人物角色的刻劃下了相當的工夫，包括主角周行都有一段充滿陰影的過去，貫穿全書。作者對人物的重視使得角色生動飽滿，非常具備作品影視化對角色的要求。

警察小說、社會派這些分類容易讓人聯想到低含量的推理成分。但本書卻具備十足抽絲剝繭的推理樂趣，作者也設下層層的陷阱來欺騙讀者，沒有讀到最後一頁無法窺知全盤真相。當代很多推理作家都以為推理的理性成分會以負面的方式影響故事，因而將其淡化或甚至放棄。殊不知，推理成分只要運用得當，對故事精采度而言絕對是加分而非扣分（實例：《達文西密碼》、《嫌疑犯X的獻身》、《13.67》）。作者顯然意識到這點，在警察小說、社會派以及本格派之間做出相當自然的調和，而這個融合是在相對精簡的篇幅中達成（全書約九萬五千字）。

本書的前身實際上是作者碩士班的畢業作品（作者讀的是文學創作，可用小說代替論文畢業）。筆者在當時有幸成為作者的口試委員。口試期間委員們與作者針對書中可議之處展開熱烈討論，提出許多修改意見。經過一年的精心修改，如今作品不但書籍要付梓出版，也售出影視版權。逢時的努力可謂獲得佳績。

本土推理小說的創作環境從本世紀發展至今有愈來愈好的趨勢，愈來愈多創作者投入書寫，與當年的一片荊棘已大不相同。在此也期勉逢時在《我是自願讓他殺了我》之後繼續推出精彩的推理小說，讓台灣的推理創作園地更加繽紛繁榮。

人心極深處的秘密，以及秘密的極深處

——談逢時的《我是自願讓他殺了我》

既晴／犯罪小說家，公視《沉默之槍》製作人

推理小說，寫的，是破解謎團的過程，談的，其實是人如何看待犯罪。如果以邏輯的角度來看待犯罪，即是本格派推理；倘若以人性的角度來看待犯罪，那麼，便是社會派推理小說了。本作《我是自願讓他殺了我》儘管有警察小說的外衣，但並不側重於搜查程序，案情一段又一段的追緝，更像是穿針引線，串連起在社會各階層汲於營生的市井小民們，最終，構成了撒佈在整個社會、拉扯著我們的行動、扭曲著我們的意志，一張巨大、無形的欲望之網。

停職多時的資深刑警周行，在長官的協助下終於獲得復任，回到了警察組織的庇護，但此時的他，卻已經心如槁木死灰，決意放逐自我。然而，一樁引起社會議論的加工自殺案，使他不得不臨危受命，與另一位備受矚目、力爭上游的警界新星熊維平

合作調查。這不但是刑警世代交替的貼身對戰，也是迫使周行重新審視自身工作的第二次機會。

市井小民們的犯罪，總是流於日常、耽於世俗的，身分明確、手段單純，毫無複雜、矯飾之處。從謎團的角度觀之，兇手（Who）、詭計（How）都在一開始便昭然若揭了，然而，隨著案情的追蹤愈探愈深，犯罪動機（Why）卻陷入迷霧，闇不見底。

起初，周行只是拉了一個細微的線頭，人贓俱獲，看似平淡無奇，幾乎可以就此結案。但，一拾起線頭，才發現緊接在後的是，人際關係更多的糾纏、流言蜚語更多的籠罩。城市中，在人情互動的稀薄空氣之間，卻洋溢著邪惡至極的毒素，彷彿犯罪是一種日常生活的必需品，人人都戴上了化過妝的面具，都背好了工過筆的藉口，市井小民們的算計，微弱而不起眼，竟也你來我往、此起彼落，在無數的點點滴滴之下，滲入人心，積累出令人窒息的惡意之池。是的，這正是《我是自願讓他殺了我》的閱讀況味。

這座惡意之池，猶如一面鏡子，不僅反射了潛行於案情底層的污濁，也觀照了周行企圖逃避面對的本心。基層刑警，可說是警察組織維持社會治安的哨兵，在犯罪現場的最前線作戰，是他們的日常生活。為此，只好把外在的言行舉止染成灰色了，唯有以這種方式與嫌疑犯周旋到底，才能探勘出人心的秘密、事件的真相。但在復歸工作崗位後，周行已經無力承受。另一方面，熊維平的義無反顧、勇往直前，與周行內在精神的荒蕪，則形成了強烈的反差。

於是，這次追查真相的行動，對周行而言，也成了一場瞭解自我、救贖心靈的內在旅程。他的人生意義不只負有警務，他的自我認同也不只源自破案。當他在城市中穿梭，迂迴前行，收集著案件關係人的謊言、拼湊著案件線索的虛像之際，同一時間，他也在收集著關於自己的謊言、關於自己的虛像。

甚而，這場旅程，無人知道盡頭在何方。

只能終生獻身。

今晚，你想來點真相嗎？

游善鈞／作家、編劇

常常覺得人們高估了真相的價值。

老實說，用這句話作為介紹一本推理小說的開場白不曉得到底適不適切。但我認為，這恰恰是這部作品的可貴之處：用故事所展演的時空為我們提供一個思辨此一問題的機會。

《我是自願讓他殺了我》，以一條主線兩條副線的結構組成，以一名遭到縊死的女子之死揭開序幕，女子在遺書中留下「我是自願讓他殺了我」的弔詭遺言……

由於嶄新的犯罪動機而被媒體冠上「自願死者」的命案一時間成為全國矚目的焦點，而接手偵辦此案欲層層剝開隱藏其後深沉哀慟的，是兩位各自背負著殘酷命運的男人。

無賴漢刑警周行——離婚、頹喪、酗酒，看似徹頭徹尾的冷硬派風格，卻有一個反差性極大的愛好：這位陽剛味十足的中年大叔是個追星族。

不僅如此，他追的星，還是時下熱門的韓國少女偶像團體。

新生代警察熊維平——備受眾長官疼愛的未來的警界之星，非黑即白正義感極為強烈的他，偏偏遇上了遊走在灰色地帶的周行。

乍看南轅北轍的兩人，唯一的共通點是有著難纏的心魔……從個性、價值觀到行事作風大相逕庭的兩人，該如何在面對自身困境的同時，攜手找出這樁離奇命案背後的真相？

在小說有限的篇幅裡，作者提出一系列值得關注的社會議題。從醫療資源的分配到老人長期照護規劃，大至國家稅金福利制度小至個體生命主權的安樂死……

但作者一再強調、真正想闡述的，無庸置疑，是「秩序」——或者更進一步詮釋：我們該如何長時間正確無誤地維持社會秩序。

答案因人而異。在此，作者提出的解答是：規則。

因為存在規則，和平的框架才不至於被輕易打破。

人類社會的規則。生而為人的規則。

《我是自願讓他殺了我》一書屢次提到「鉤子」。認為人活在這個世界上，必須要有某個鉤子存在，才能形成某種「制約」。也正是因為這份制約，才能在人與人——抑或說人與社會之間取得平衡。

以此為著眼點，能夠進一步論及近幾年隨機攻擊事件的發生。原生家庭也好，志同道合的朋友，還是職場上的同事，甚或狐群狗黨……都好，這些都可以是一份珍貴的制約。因為一旦和其它人失去連結，便容易把自己放得太大。當一個人把注意力全放在自己身上，對於周遭人事物的真實感便會變得益發薄弱。

如果我們無法意識到不同於自己的存在，就容易產生「輕賤」的心態。

此外，小說另一個「有趣」的地方在於——讓我們思考了真相是否有其必要？故事裡的人都被真相制約。

有的執著尋求真相。有的拼命還原真相。

只不過，這些真相真正所能拯救的，究竟是犯錯的人，還是遭受傷害的人？

很多時候，所謂的贖罪，會不會僅僅是一廂情願的、一種變相的聖母心態？

唯有直面自己的錯誤才能跨出確實的下一步正義才具有切實的意義。

即使萬分痛苦會墜入無間深淵依然堅守崗位不讓下一個犧牲者出現。

老實說，這兩種人，在我心中都是「好」人。

無關對錯，選擇而已。

優秀的文學作品，重點往往不在於告訴讀者「選擇」的好壞，只是盡可能呈現人物生命中的一段旅程。

最後的最後，有一個問題，很想問問總是能明快分辨是非對錯的某個你：

如果獲得真相的後果百分之百確定是不幸，你還會想知道這個真相嗎？

我是自願讓他殺了我 書序

潘心慧／76 号原子商務長暨項目監製

國外的影視作品，刑偵推理、懸疑犯罪類題材行之有年，佳作迭出，但在華語影視作品裡，這類題材卻比較少見，直到近年的《誰是被害者》、《隱密的角落》、《唐人街探案》等等良心之作，接連成了人氣與流量兼具的爆款，證明了觀眾對於華語刑偵題材的接受度日漸高漲，也證明了華語創作者對於刑偵劇的掌握度不斷進化中，而「刑偵推理小說」也成了許多影視公司、平台優先想要開發的題材。

我本身很喜歡看推理類型片，一直以來都很想開發這類題材。看到本書，一開始就被《我是自願讓他殺了我》這個書名給吸引，故事開頭是殺人者在勒斃女主角林靜的時候，遭警察以現行犯逮補，然而他堅稱自己是助人而非殺人，警方取得的死者遺書也證明了此事，小說的懸念開場極其出色，成功勾起我的好奇心。

接下來故事如同剝洋蔥般層層揭露，作者的筆法寫實而細膩，給了讀者滿滿的畫面感，我們很輕易就能投入他所構築的世界，跟著男主角周行走進五里迷霧中，進一步理解了林靜為何得死。在這個聚焦社會底層的命案中，作者以母親（林靜）的角度切入，讓讀者看到一個母親用生命換取公平正義，無助的她只能利用自己生命，執行復仇計畫，為逝去的兒子討回公道。

這是一個有關生命與死亡、愛與罰、律法與人情、正義與罪惡的故事，作者對於社會案件的批判與探討，對於受害者的溫柔同理，精心而殘酷的設計出引人入勝又環環相扣的情節，令人讀之心碎，卻又重獲救贖。

七十六号原子致力於各類題材的影視劇開發，一直在找這樣擲地有聲的題材，在影像化過程，我們得考量拍攝尺度與觀眾接受度，所以針對原著情節做了適度的改編。延續原著小說最主要的設計，故事女主角林靜一出場即用自己的死亡佈下了這個局，在敘事結構方面，則參考美國導演大衛芬奇之作品《控制》（Gone girl），該片與本作同為女性復仇題材，說故事的方式也有可參照之處，都是女主角在第一幕即消失，而這一消失（死亡）同樣都是佈局的一環，使得劇中其他角色陷入混亂的危機狀態，在故事的第二幕開始，以閃回手法，娓娓道來女主角的犯案動機與手法。

觀眾與男主角周行將跟著女主角林靜所留下的遺物與線索，一步步拼湊真相，在尋訪的過程中，觀者看見林靜以幽魂之姿忽隱忽現於現實世界，觀眾將隨著周行的觀點一步步去解開謎底，並逐漸了解林靜為何要佈下如此艱難的復仇計畫，為何自願被殺，以及她深層的控訴與無奈。

我們想藉由這個燒腦曲折的推理故事，去講述一段又一段「來不及的愛」，愛會帶來遺憾，愛會讓人深陷掙扎，愛會讓人犧牲生命，但愛，也能帶來救贖。也同樣期待《我是自願讓他殺了我》影像化的作品，可以得到更多的迴響。

76 号原子／商務長暨項目監製／潘心慧

項目監製

網路劇《富錦街—這條街上的那些故事》、

情境喜劇《女大生宿舍》

BL 劇《深藍與月光》

迷你劇集《直播中二間》（提名第 53 屆金鐘獎迷你劇集獎）

網路電影《可惡！把我的青春還給我》天堂 M 首部網大電影

影視作品監製／製作

原創 IP 創新電影—恐怖驚悚《76 号恐怖書店之恐懼罐頭》

原創 IP 創新電視電影—推理懸疑《追兇 500 天》

原創 IP 創新迷你劇集—青春校園勵志《違反校規的跳投》

原創 IP 創新迷你劇集—療癒萌寵《都嘛是你的毛》2021 上映

原創 IP 創新迷你劇集—奇幻甜寵《我的老闆是隻貓》2021 上映

工作經歷

Studio76—七十六号原子　商務長暨項目監製
有意思國際傳媒　總監
酷瞧原創內容平台　策略長
ImTV 我視傳媒　數位內容應用專案經理
年代數位媒體　數位內容應用部經理
Fanily 粉絲玩樂　行銷長
夢田文創 Marketing management

楔子

冬季的傍晚，夜色很深。

由地面向天空仰望，雨水如晶亮的線，從高空垂直往下落，織成一張巨大的網，繁複地籠罩這座城市，保護無法見光的秘密，也把所有的罪惡都掩蓋起來。

雨已經下了近一週，沒完沒了，沒個盡頭。

在雨夜裡，一棟五層樓的房子安靜地矗立在街角，外牆上高掛金色的警徽，一隻巨大的鴿子向著世界振翅，底下寫著新北市政府警察局海湖分局。

警局與周邊的建築物風格相差甚大，圓弧形的窗架鑲嵌著毛玻璃，透出室內燈光，勉強可以看見窗後的人在裡頭忙碌。

這棟屋子從日治時期就矗立在這兒，經過幾次修修補補，意外成為當地景點，假日還會有人特地來拍婚紗照。

屋內的交談聲很輕，在這場大雨之下，所有的聲音都糊成一片。

一名身材精瘦的男偵查佐，名叫周行，今年剛滿四十歲，體態看起來挺年輕的，沒有什麼贅肉，穿著便服，為了查案方便，偵查佐不用穿制服，以免打草驚蛇，但這些經年累月周旋在犯罪者之間的男人們，都有種特殊的氣息，眼神特別銳利，而這位偵查佐，又比那些銳利的鋒芒，更多了疲軟跟無奈。

周行定定地站在分局長面前，像根柱子。

「今天不起訴書下來了。」分局長對他說。

周行沉默地點頭。他伸手從分局長桌上拿走一樣物品，那是他的警徽。他的手很穩，沒有什麼遲疑，但拿到警徽的時候，卻握得死緊。

周行有一瞬間有很荒謬的想法，現在的他將警徽放到口袋裡，這隻鴿子會不會就掙扎地拍翅飛走？象徵和平的白鴿，背後代表的意義是守護，那自己跨越了那條界線，還能守護誰？

「謝謝分局長的幫忙。」

「沒事，大家都是一家人。」

胡思亂想的周行，聽見自己的嗓音與分局長交談，他抽離地看著這一切，試圖讓自己的罪惡感減輕，他知道這件事情即將畫下句點，沒有人會再質疑他，他可以從漫長的法院審理與檢討報告中脫身，他一直希望盡快落幕，但當句點出現時，他又很害怕，因為他知道再也沒有彌補的機會。

周行抽離情緒，向分局長道謝，慢慢轉身走出去，從今以後，跨出去的腳下，每一步都將深陷泥沼，但他已經沒有別的選擇。

他很自私，但他仍然有他想守護的人。

跟警徽一起拿回來的還有一份不起訴書，他被停職的原因跟調查的結果都寫在上面了，他曾經對著試圖攻擊警方的毒販開槍，意外導致對方死亡，他不是有意的，最後以不起訴證明。這些過程已經寫成報告，有很多人試圖拉他一把，讓他繼續留在這個位置上。

但他已經陷下去了。

第一章

SECTION 1

坐落在車站附近的華廈，好幾棟連成一整排，來往的車潮不多，因為商業區跟人口轉移的緣故，是附近比較沒落的地區，空氣安安靜靜的，平日下午的現在，更像是所有的居民，都陷入沉睡。

這幾棟房子當初都由建商建造而成，但因為時間久遠，房子也有了生命，各自長出屬於自己的模樣，而不再是純粹的水泥建築物。外牆的油漆各自剝落，像是有不同的身體，而鑲嵌在牆面之中的陽台，就是各間房子的臉。

這些比鄰而居的房子，長出不同的樣子，但都被塞滿了生活痕跡。有的堆滿陳年舊物、捨不得丟棄的雜物，有些人念舊，小孩的參考書、學步車，某一次情人節收到的花、枯萎的盆栽；也有些人充分延伸自家的領域，陽台可能轉化為廚房、書房、花園，媽媽的洗衣間、還有家貓的住所，這種面貌可能較為溫馨，但也充分嶄露寸土寸金的台灣風格。

在這多樣性的面貌當中，有一戶的陽台，空空蕩蕩，顯得特別突兀，安靜的擠在許多嘈雜的屋子之間。外推的鐵窗還在，上頭的遮雨棚仍然安好，承接來自樓上住戶的花園落葉。

這間無人居住的空屋裡，所有的大型家具皆已清除，溫潤的木頭地板上，突兀的放置著一架長形的冷凍冰櫃。冰櫃佔據家中最顯眼的位置，細微的發出馬達運轉的聲音，裡頭的空間維持在零下二十度。

絲絲寒氣，在冰櫃裡流轉著。

屋子內的空間十分安靜，彷彿沒有人在。

但幾分鐘之後，臥室傳來有人走動的聲音。

一名身穿灰色棉質長袖、卡其色工作褲，身材纖細的男人，從椅子上起身，他面貌清秀，有些柔和的美感，看起來似乎才年過三十，他來回踱步，直到某一處，他忽然毫無預警地停住，直接把手上的玻璃酒杯一飲而盡。

順著他的視線，男人看向床上的女人。

女人看起來有一點年紀，比起男人更大了一些，她已經不是皮膚細嫩的年輕女生，眼角出現細紋，膚色略為慘白。她胸部緩緩起伏，均勻呼吸，每一下都平靜而穩定，女人閉著眼睛，臉部毫無表情，完全地放鬆臉部每一條的肌肉，細紋們如川字般向外擴散。

毫無疑問地，床上的女人進入深沉的熟睡狀態。甚至可以說是肌肉鬆弛地，不顧顏面般的睡著，臉上的每一塊肉都向外攤開，沒有傳遞任何情緒。

床邊的男人深深吸一口氣，他無數次想轉身就跑，但他知道一但過了時間，床上的女人仍然會醒來，他將功虧一簣，他來回走動，咬著自己的指甲，身上每一個動作都傳遞著他的焦慮與不安。

不用精神科醫師判斷，任何人只要注視著他，都會感受到焦慮的氣氛。

當男人再次看向床邊的時鐘時，距離四點只剩下五分鐘了。他很清楚，藥效一但過了高原期，此時會開始慢慢從人體中消去。

他終於下定決心，走向床邊，解開腰間皮帶，皮帶像一條粗線，輕巧地繫住女人的脖子，接著他忽然咬緊牙齒，雙手用力拉緊。

被他勒住頸子的女人眼皮開始震動，從深沉熟睡中被強制喚醒，顯得痛苦不堪。她的手腳開始掙扎，腳尖在床單上輕踢，她數次要轉醒，但因為藥物的關係，而失去對肢體的支配能力，她很快進入缺氧，失去掙扎的機會。

很快地，幾分鐘過後，女人原先偏白的膚色開始發青，進而轉為紫色，眼皮底下的眼球突起，咽喉浮起一條深色腫痕，最後停止呼吸。

男人鬆開皮帶，女人的屍體隨著重力滑下，癱在床上。屍體，剛剛活生生的人，已經變成屍體了。

男人被這個認知驚嚇，他的心跳飛快，恐懼瀰漫在血管裡，他至今仍然不知道自己為什麼會捲入這件事，但他沒有回頭路。一切都稀里糊塗的發生，他分辨不出方向，也不知道哪裡是出口，只能繼續下去，祈求能夠走到終點。

他伸手將女人打橫抱起，擺放至客廳裡已經開始運轉的冰櫃內。冰櫃原本就是為了這個時候而準備的，這是一架科學化的冰棺。

剛剛不斷在櫃體內來回旋轉的絲絲寒氣，纏上女人的身體。她在寒氣裡逐漸失去原先的體溫，整個人越發蒼白，低溫使得她的血液被凍結，身體內的水分降至冰點，開始凝固。

男人走回臥室，拉起床上的天藍色涼被，蓋在冰櫃上方，他神經質地把被子的四角都拉好，在冰櫃外繞一圈端詳，確保冰櫃被完整蓋住，他甚至低頭巡視底下的電線與溫度開關。

從剛剛到現在，他都神經質地咬著指甲。

最後他放下手，終於安心地穿上自己的外套與皮帶，準備走向大門。

但他這時候卻忽然踉蹌一步，他用力的拉緊自己的頭髮，整個人蹲在地上，蜷曲起來，他不斷顫抖，壓低聲音，發出被逼迫到絕路的獸類的嚎叫聲。他好害怕，真的好害怕，即使一切按照計畫，他也不知道這種罪惡感該怎麼消除，但隨之而來的是更深的憤怒。

都是她害的！都是因為她的緣故，自己才會走到這個地步。但他已經沒有退路了，他被逼迫到此，不得已下手殺人，他還有更重要，要用盡全力守護的對象，想到自己的使命，他才終於平靜下來，踉蹌地走向大門。

臨走前，他回望一眼室內，門窗緊閉，沒有一絲縫隙，室內的空間與外頭完全隔絕，拜現代工藝技術所賜，幾乎聽不見外界聲音。他的視線掃過，一一確認。他在透過這些確認的行為，來增加自己的安全感。

室內供電正常。

客廳的燈光關閉。

冰櫃持續運轉。

為了避免跳電或者起火的意外，大型電器已經全數丟棄。

屋主的個人物品跟家具也全部清除。

這間小公寓，只要按時支付少許的電費，就能成為一座現代化的墳墓，永遠守護剛剛才誕生的死者。

他終於拉開大門準備離去，他宛如強迫症患者，不斷在心裡核對剛剛默念的順序，但又不敢前往碰觸，害怕自己冒失之間，又讓這個地方出現破綻。

他鎖上門，把一支銀色鑰匙收進口袋。在鐵門闔上的聲響後，他不斷告訴自己，只要再也沒有人踏足這個地方，他的秘密將能永遠安然無恙。

永遠的永遠，他已經演繹無數次這些步驟，不會出任何差錯。

他杜絕一切外人與女人聯繫的管道，除非地震震垮這一切，不然他的秘密可以永遠不見天日。

他走向電梯，按下下樓按鍵。

但此時，樓梯間傳來嘈雜的聲音，數種鞋根撞擊地面的聲音，從地底下不斷向上爬升，宛如從地獄爬上來的魔鬼爪牙，他低垂著頭，心跳開始加速，他確認過無數次的完美計畫，一瞬間成為夢魘，脫離他的安排。

電梯距離這裡還有三樓，該死！

為什麼在頂樓停留這麼久！

電梯門終於打開，裡頭有一對牽著古代牧羊犬的父女，狗很大隻，幾乎沒有他容身的空隙，但他不能放棄，他抬腳走進電梯，

但樓下的聲音來得太快，不到十秒鐘，數名警察已經出現在他身旁，全部高舉著槍，吆喝著讓他出來，他還茫然地不知道該做出什麼反應，又或許茫然才是他現在最真實的情緒，他策畫數月的計畫，一瞬間就失敗。

電梯裡的小女孩被嚇到，不管不顧地大聲嚎啕，男人在槍口的脅迫下，只好慢慢地走出來，旁邊的員警立刻按下關門按鈕。

電梯下樓了。

但其實樓下也有其他員警駐守，整棟公寓的人都必須進行盤查。

數名制服員警們戒備地看他，從警察們站立的位置看來，他完全沒有從這裡突

圍，衝向樓梯的可能。更別說，此時槍口全都對著他。

「不要動！我們是警察，林靜人在哪裡？」

警察對他大喊。

他不由得恍惚的想，如果警察們可以提早抵達，或許這一切就不一樣？

他不用犯下殺人罪行，也不用面臨現在的難堪。

他被那個女人逼迫到此，一直祈禱有人可以阻止。

就差十分鐘而已啊。警察先生。

你們為什麼現在才來？

※※※

嫌疑犯的身分很快被警方核實。

他叫做柯子建，今年三十二歲，職業是市中心健身會館游泳池的救生員，獨居，租賃在台北市萬華區的頂樓公寓。名下沒有不動產或者大筆存款，目前沒有女朋友或者交往對象。

死者叫做林靜，今年四十五歲，同樣獨居，不過名下有房子，也就是她陳屍的這間公寓，現在被警方封鎖的死亡現場，林靜的工作是飯店的房務員。

嫌犯柯子建於死亡現場的門口被員警逮捕，當場銬上手銬，警方在他身上搜出鑰匙，立刻開門，但裡頭的屋主林靜已經死亡——體溫低於攝氏零下二十度，沒有任何急救的必要。

警方雖然叫了救護車，但死者直接送到殯儀館，等待法醫解剖，而且因為脖子上的明顯勒痕，不用檢察官辨認，都可以確認是他殺。這樁案子立案為兇殺案，沒有任何疑問的空間。

負責此地區的分局偵查小隊，在第一線制服員警通報並保存現場之後，很快就抵達現場，封鎖此間公寓，找來鑑識人員負責現場蒐證。

很快地，警方輕而易舉地從屋內得到了諸多證據。

死者的死亡時間、作為凶器的皮帶、冰櫃上的指紋等等，無一不讓警方很快確認犯嫌，就是這名遭到警方在林靜家門前逮捕的男子，柯子建。換言之，柯子建不是嫌疑犯，而是現行犯。

而令人難過的是，林靜的死亡時間只在警方抵達的前十分鐘左右。

與社會大眾所想的不同，多數的殺人案都很容易偵破，沒有精心製造的謎題，也不需要大費周章的縝密推理。人類其實並非是會處心積慮殺害同類的生物，多數是因為利益或者感情糾紛，而一時衝動犯下罪案。因此輕而易舉地蒐集到證據後破案，在警方眼裡看來，並非什麼特別之事。

但求生是人類的本能，但凡犯下過錯的罪犯，都會試圖掩飾，會以各種角度去推敲，消滅證據。

因此令警方驚訝的是，柯子建反而毫不掩飾任何證據，他唯一抱持著的信念，就是林靜的屍體根本不會被發現。不會有人知道林靜從這個社會消失。這是他整個計畫中最核心的部分。

可能因為所有的證據都已經齊全，在製作筆錄的過程中，柯子建非常配合，訊問的過程有問必答，包括自己的身家資料跟他結束林靜生命的方式。

他坦承不諱，毫無隱瞞。

可是案子還是有很多疑點。首先是柯子建處理屍體的方式。

「你為什麼會把林靜放在家裡？你沒有打算處理屍體嗎？即使找不到屍體，案子就不成立，但你就不擔心會有人來找她嗎？」

「林靜已經辭掉工作，平時不會聯繫親戚，平常也沒有來往密切的朋友，她消失在這個世界上，不會有任何人尋找她。進一步說，即使有人特地來到這裡，看到大門深鎖，也不會有人冒著被屋主怪罪的風險報警，讓警察破門進去查看。」

柯子建詳細的說明著。

而他的邏輯乍聽之下非常荒謬，實際細想卻令人不寒而慄。

因為他說的沒錯，在這個都市裡，如果一個人永遠地待在自己家中，無論是生還是死，都跟外界沒有關係，只要按時支付電費，以一架嶄新的冰櫃來說，良好的運作數年以上，是絕對可以想像的事情。

如果柯子建心思夠縝密，定期更換冰櫃，維護房子的電路，繳納水電費，修繕林靜的屋宅，這將是一樁難以被發現的案件。

以案件成立的要素來說，沒有屍體，就沒有案件。

「但林靜交代朋友報警。」

負責偵辦此案的小隊長馬競連，拿著110的報案紀錄，擺在柯子建面前。

「你要無聲無息的殺一個人，本來就是不可能的事情，交代清楚，你為什麼要殺林靜？」

「林靜交代朋友報警？不可能！」

「證據擺在眼前，報案中心接到電話，舉報林靜所在的地址有暴力事件，屋主有性命危險，附近巡邏的制服員警才會直接包抄那間公寓，也才會逮捕到你。」

柯子建聽到這些，一瞬間失去剛剛的從容，他咬著牙憤怒的開口。

「不可能！這是我跟她策畫好久的計畫，她不可能……」

「她？你的同謀是誰？她在哪裡？」

柯子建露出比哭還難看的笑。

「她已經死了，她就是林靜。」

柯子建用力抓住小隊長的手。

「我沒有殺人，這一切都是林靜拜託我做的。這一切全部都是她的策畫，我只是受到她的請求，協助她離開這個世界。你們去市立醫院調出她的病歷，她罹患腦瘤，只剩下幾個月的時間！如果她真的交代朋友報警，那我就是被她陷害的！」

他拚命地說著。似乎擔心再也無法說出這些他所謂的真相。

「她為什麼要陷害你？」但馬競連困惑地問出最核心的問題。

「……我不知道。」

柯子建頹然的把臉埋在手心裡，他當然知道自己所說的這些，多像一個殺人犯為了脫罪而想出來的藉口。他知道任何人都不會相信他，但他也是不得已的，他是受到那個女人的威脅，如果不幫忙的話，就要把他的秘密公諸於世，毀掉他苦心架構的安全堡壘。

他現在手上還有最後一張王牌。但他不能輕易交出來，他不信任眼前這些警察，警察全都是自以為是的傢伙，專門欺壓他們這種社會上處於邊緣地帶的人。

柯子建低下頭，「拜託你們去查。」他哀求地說。「你們會知道我說的是真的！」

小隊長馬競連深深皺起眉頭，把筆錄調轉方向，讓柯子建先簽字。他準備先把柯子建移送地檢署，看檢方進一步決定。至於案情真相？他現在還沒辦法判斷眼前這男人是不是在說謊。

「案情不明的狀況下，我會先向檢察官聲請羈押，你在這裡簽名吧，接下來的事情，我們會去調查清楚。」

柯子建簽完名後被其他員警帶走，很快地被移送至看守所。

移送柯子建之後，小隊長馬競連與底下的偵查佐周行，立刻前往醫院，調查林靜生前的就醫紀錄。拜現代電子化與刑警的權限所賜，他們很快地拿到林靜的醫院病歷。柯子建所言非假，林靜在半年前到醫院就診，主訴是頻繁頭痛、嘔吐、視力模糊，以及下肢麻痺。

根據腦內斷層報告顯示，她的大腦丘出現腫瘤瀰漫狀態，已經無法開刀切除，如果要進行放射性治療，則很有可能導致癱瘓，治癒機率不高。

當時，林靜的主治醫師雖然強烈建議林靜入院治療，但林靜看完診斷報告，以及治療評估後，只問一件事情，她有沒有安樂死的選項？

醫生搖頭，在台灣，安樂死並不合法。

林靜又問，怎麼樣可以讓她安詳地離開這個世界？

醫生的做法是替她轉掛身心科門診，「有些藥物幫不了你，但會讓你平靜一點。」很多癌末病人都會合併心理治療。醫生勉勵她不要放棄希望，說不定會有奇蹟發生。

林靜離開醫院後，再也沒回去複診。包含初診跟檢查，她在這間醫院前後總共只掛號四次門診。

從健保卡的資料看來，警方發現她後續也沒有到其他醫院接受治療。只有看過幾次精神科醫師，或許是把醫師的建議聽進去，去尋求使她平靜的藥物，但她仍然沒有積極治療，以林靜面對醫療的態度，或許她真有放棄生命的可能。

小隊長翻開筆錄，裡面有一段柯子建告訴警方。林靜曾經說過的話。

「能夠在睡夢中離去，是我畢生的願望，我絕對不接受任何無效的醫療行為，我不想成為社會的負擔，或者是痛苦的在病榻上哀號，在瀕死之間掙扎。」

而柯子建說，他就是因為一個人獨居，能夠感同身受於林靜的想法與對生命末期的恐懼，他也不希望自己年老後，成為在社會邊緣掙扎的老人，或是依靠著醫療器材，痛苦的維持已經毫無意義的生命，所以才會同情林靜，答應她的請求。

「我不是殺人犯，我只是一個好心的男人。」

他對警方這樣說。

※※※

要我說啊，死掉的女人才是真的幸運啊！

但那個男的也太可憐，被當成殺人犯。

說不定是他編造出來的情節啊。

新聞都說醫院證實死者得了無法治癒的腦瘤。

這跟自殺沒有兩樣吧……

國外都開放安樂死，國內太保守吧？

病患安樂死的法案就應該立刻通過，避免悲劇再次發生！

二〇二〇年的台灣，風起雲湧地推動著一系列的人權法案，包括同性婚姻、廢死、安樂死等等的法案，在同性婚姻通過之後，其他人權相關的法案也更加積極，尤其是病患自主選擇安樂死法案。

台灣來到一個老齡化的社會，但在醫療的進步下，反而讓很多老人痛苦地在死亡線上掙扎，因為人權團體的積極推動，整個社會開始注意到安樂死，也積極地想立法來保障臨終病人的死亡選擇權。

就在這個時候，林靜的案子出現。

她彷彿是一個支持安樂死的有力證據，就這樣擲地有聲地出現在大家面前，外界對於柯子建的聲援也不斷疊加，不管是各界單位，都希望能夠引用這個案子，進行一番討論。

不同的媒體從不同面向來討論這個案子，都可以得到很多結果。包括病患的人權、台灣的醫療氾濫、老人長期照護、國家稅金與福利制度等等，很多討論的聲浪。

網路上的年輕族群，幾乎一面倒地認為，要選擇何時結束自己的生命，以及使用什麼樣的方式結束，都是個人自由。死者不應該受到社會公評，甚至不應該以司法制度來懲罰幫助林靜死亡的柯子建。

說起來，柯子建可是一個難得有同情心，不怕擔上麻煩，願意幫助他人的好心男人，在現在的社會，真的算是難能可貴。

電視台的記者們開始在路上隨機採訪路人，以獲得更多對於這個議題的討論關注度。

「如果是您，也能認同這種等同自殺的行為嗎？」

電視台推出專題報導，記者把麥克風指向剛走下公車的老婆婆。

「當然是不能接受啊！」老婆婆搖頭。「但……如果是我得了重病，也會很希望不要麻煩到小孩子們。」老婆婆看向鏡頭，略微尷尬的笑。「畢竟大家都要上班什麼的，很忙啊。」

「對啊對啊！我鄰居聽說躺在療養院，耳朵都掉出蛆，還死不了。」在公車站牌的另一名年長婦人也跟著附和。

「那樣太可怕了，不如死一死。」老人們彼此點頭，確認對方想法。

記者結束採訪，得出結論，即使是社會上偏向保守的老年人們，面對死亡議題時，卻也幾乎異口同聲地說，如果得了沒有治療希望的疾病，最好還是快點死去，以免拖累家人。

除此之外，老人們也很畏懼在家人不聞不問之下，自己會淪落到多麼悲慘的狀態，對他們來說，療養院是很恐怖的地方，絕非字面上的平和。

有專欄作家為此現象，還特別創造一個詞彙──「絕望老年」。現在的社會，是一個對於自己的老年生活完全絕望的時代。

但當然也有不同聲音出現。

勒死一個女人，將她的屍體冰在冰櫃裡，怎麼說都是一種殺人行為，不管行為多麼正當，兩人之間有過什麼樣的協議，這樣糟蹋珍貴生命，當然不對。

自殺這種行為，更抵觸很多宗教團體敏感的神經，對他們來說，宣揚人有正當結束自身生命的權力，完全是質疑他們宗教的結構與正當性，畢竟人如果能夠代替神或者神明，決定生死，那宗教的存在就有可能瓦解。

更有心懷憂慮的人，擔憂如果法官輕易判決柯子建無罪，或者給予他過輕的罰則，不就會開啟社會風氣，迎來一個隨處都會有殺人事件的時代？

這多麼可怕啊！因此應該對此案例重重判刑，以儆效尤。

「我們應該為生命奮戰至最後一分一秒！」

在專題節目上，也有這樣的人大聲疾呼。

「存在的真諦將從痛苦中誕生。」

來賓脹紅臉，拚命呼喊！

「生命不只是屬於自己，必須優先考慮到家人的感受。」

這樣的論點也有著使人信服的地方。即使已經活不下去，也必須考慮別人的感受，所以拚命也要活下來。多麼沉重的心情啊。

隨著媒體報導，多種聲音爭吵不休，電視台不斷開啟專題節目，訪問各界專業人士，即便是娛樂談話性節目，也會邀請藝人分享相關看法，趁機貼上積極派與消極派的標籤。

因為與其他社會議題不同，這是所有人都將面對的問題，每個人都有發言的權力。人在生命將終亡之時，是否有權利選擇離去的方式？這個問題，籠罩在所有人心中。

而在外界聲音不斷紛沓時，警局內發生一則意外。

原先負責偵辦此案的馬競連小隊長，竟然在返家的途中，發生車禍，雖然傷勢不算太嚴重，但因為雙腿骨折開刀，還打上厚重石膏，要在醫院休養一陣子，絕對不能下地走動，否則會影響傷勢復原。恐怕他短時間不能回到崗位，也無法外出偵辦柯子建這樁案子。

分局長與馬競連小隊內的周行、熊維平一起抵達醫院，探望剛開完刀的馬競連小隊長。馬競連看起來精神不錯，只是很抱歉地跟分局長道歉，說沒想到會發生這樣的意外。

「被酒駕追撞，這種事情也不是你可以控制的。」

分局長拍拍馬競連的肩膀，要他放寬心養病。不過現在最大的問題是，刑警的人數本來就一直不足，如今剛好碰上同仁意外，立刻捉襟見肘，沒有其他小隊的人力可以支援這樁案件。

「根據目前的證據，嫌疑犯講的很有可能是真話，其實我還是可以負責指揮偵查的過程，至於實地走訪，就交由周行跟熊維平兩個人去收集證據跟查實案情。」馬競連提出一個折衷的辦法。

分局長沉默一會兒，他看著明顯分據室內兩側的周行與熊維平，感覺到自己的腦殼一陣一陣的脹痛。

這兩個人不和已經是明擺著的事情，局內無人不知。

周行是老屁股，今年剛滿四十歲。要不是去年發生用槍意外事件，徹底失去鬥志，也是可以獨當一面的小隊長。

熊維平剛從警校畢業，正值想要大展抱負的時候，做事情鋒芒盡出，不留一點餘地，非常看不慣周行的得過且過。

兩個人恰好都在同一隊，而且年輕沒什麼經驗的熊維平，官階還比周行高，看周行從來就眼睛不是眼睛，鼻子不是鼻子，雖然因為小隊長才是隊裡的大腦，在小隊長馬競連的周旋下，兩人平常各做各的事情，各有各的刑責區，還算是相安無事。

但現在要讓他們兩個合作同一樁案子，分局長心裡有點沒底，不知道會不會查一查反而多一樁兇案？

但人力緊縮是事實，馬競連看起來精神狀況也不錯，只是行動不便，還可以負責指揮調度，希望這兩個安分一點，趕緊把證據核實清楚，把卷宗跟證據都送到檢察官手上，就沒他們警方的事情。

「如果只是跑跑腿，那交給周行吧！他現在不是負責老人詐騙跟校園毒品防制宣導嗎？反正都要出去辦宣導活動，乾脆就由他負責吧！」

就在分局長剛要決定的時候，熊維平忽然開口。

熊維平身材削瘦，剃顆三分頭，襯衫燙得筆直，就連站在病房裡的腰桿也挺得筆直，跟整個人幾乎坐成一個C字的懶散周行比起來，任誰一眼都能判斷出，誰還有熱血跟衝勁。

但熊維平這話明顯找碴。

周行聽到對方點名自己，很輕蔑地翹起腳，伸手摸摸口袋，被馬競連一瞪，才想到這裡是病房，連忙收手。但他還是冷哼一聲，來表達自己的嚴重不屑之意，這剛出茅蘆的傢伙，還有沒有一點禮貌，什麼時候分局內的案子歸他分配？

警大畢業了不起啊！

這年頭警察要幹的事情實在太多。不僅警力嚴重缺乏，每年自願考取刑警的越來越少，會來當警察，求的就是一個溫飽。誰想選擇危險性高，還要日夜輪班值勤的刑警？

一旦開槍就是一連串的報告等著你，就算明知道犯人就在裡面，也要先拿到搜索票才能進入，嫌犯想逃？長官會說明天再抓。

早就不是那種把槍跟頭一起繫在腰帶上，跟江湖拚搏的年代。現在還有一個不正當交往條例，很多地方刑警都不能涉足，要跟誰碰面也要寫清楚送報告上去，誰還願意一天到晚出去跟人家跋感情？

寧願在分處內泡茶吃瓜子吧！

而且在把自己寶貴的小命搞丟之前，繁重的文書雜務，就會把熱血消耗殆盡，所有的刑警都被檢察官指使得團團轉，甚至因為全面電子化，就連上繳報告的時間都嚴格限制，如果超過期限，專案關閉，處分令就直接下來。

而現在剛好是一個時代交替的時候。

舊刑警自怨自艾，失去人脈等於失去手腳。

新刑警以為科學辦案，看不起他們這些老人。

眼前熊維平這傢伙就是周行最討厭的那一款。熊維平除了日常小事處處針對周行，不叫他學長就作罷，遇上這種案子，小隊長都還沒開口，輪得到熊維平你來分配工作嗎？

周行想到這裡，更加不屑地抖腳，很滿意地看到對方眼裡厭惡的神情。你厭惡我，我還看不慣你呢！

分局長跟馬競連互視，兩人都是滿臉無奈，分局長用力的咳一聲，馬競連板起臉孔，本想正襟危坐，但奈何腳還不聽使喚，只好挺直腰背。

「你們兩個這次給我好好合作，承辦員警就掛周行的名字，周行你是老鳥，就多多帶著熊維平學習偵查技巧。」

周行聽到分局長下令，明顯垮下臉。熊維平這隻菜鳥位階比自己高，罵也罵不得，命令他做事也不會聽話，這個所謂的帶著學習，意思根本就是帶著麻煩。

「我寧願一個人查。」周行抵抗。

分局長看他一眼，當作沒聽到，不過周行知道，分局長的意思是不要太過分的話，分局長會睜一隻眼閉一隻眼。

分局長繼續說：「我看柯子建還有很多話沒說，你們兩個把他借提回分局，告訴他，如果不肯詳細交代，拿出有力證據來證明他的說詞，我們這邊也無能為力，檢察官很快就會以殺人罪起訴。他準備坐牢吧！」

周行與熊維平看向對方，心不甘情不願地各自點頭。

馬競連與分局長看著這兩個不省心也不省事的走出去，心裡都暗暗祈禱，千萬別出什麼大錯，要打架也得在分局內，別在外面打，要是被記者拍到就難看呀！

※※※

離開醫院後，回程時，周行跟熊維平同開一台車，兩人倒是沒有立刻發生喋血事件，這得感謝國家的教育還算成功，至少把大家的暴力衝動控制在一定的程度底下，除非必要，不會隨意撕破文明人的面具，採取暴力行為。

至少現在雙方是厭惡對方大於仇恨，暫且還能和平相處。

當然，兩人現在心底也都暗暗地想，不知道對方什麼時候會受不了自己，主動向分局長求去，那這樣自己就能輕鬆許多。

可惜，雙方都打著這樣的算盤，局勢暫且僵持。一路上兩人都沒有交談，連眉眼互相交流都沒有，簡直把對方當成空氣般不存在。

周行取得此案檢察官同意後，他們直接前往看守所，把柯子建借提回分局。

周行看著絲毫沒把他放在眼裡的熊維平，實在氣得七竅生煙，只好暗自安慰自己。反正他的確是分局裡最無所事事的人，他資歷不算太高，但又有一定的份量，新人不可能任意使喚他，他的刑責區裡面沒有什麼太刺頭的流氓或者毒品集團，都是奉公守法，努力過生活的一般民眾。

平常要是真的發生什麼事情，馬競連也都會罩著他。

馬競連說是小隊長，卻從來沒拿小隊長的身分壓過他，暗地裡還替他掩護很多事情，讓他可以悠悠哉哉的看自己心愛的偶像團體 Pink Dream，當一個中年追星族。

反正自己不求升遷，也打算一輩子就這麼過去。

但這次，局內的轄區發生這種媒體矚目的案子，馬競連又不巧受傷。他至少該有一點報恩之意，勉為其難帶著這隻趾高氣昂的菜鳥辦案，趕緊把這樁案子結束，回去過半退休生活。

周行安撫好自己的心情，反正他跟熊維平也不會合作多久。

回到分局，周行與熊維平把柯子建借提出來，在偵訊室內，周行負責訊問案情，熊維平負責記錄筆錄。

只是耗費大把力氣跟車程借提出來的柯子建，仍然態度惡劣、不肯配合，他對警方有著莫名的戒心，上次做筆錄的時候，只提說手上握有林靜的遺書，可以證明他是受到林靜的委託。

但柯子建很堅持不肯把遺書的地點供出來，還說什麼警方會銷毀證據。

聽了這些，周行忍不住腹誹，拜託，柯子建這是什麼被害妄想啊！警方恨不得趕快結案，把遺書銷毀對他們有什麼好處？退一萬步說，他們只要抓到兇手跟證據，到法庭上要如何攻防，看法官是要判成加工自殺還是殺人罪，壓根不關他們第一線刑警的事情。

周行苦口婆心，把這些事情方方面面地分析給柯子建聽，卻起不到任何作用，柯子建像是個悶聲葫蘆，不說就是不說。

周行看著眼前不肯開口的柯子建，跟旁邊一副打算看自己怎麼辦案的熊維平，周行心裡滿是氣悶，只能安慰自己人家柯子建也算是個人，也有緘默權，自己有領國家薪水，只好陪他乾等耗下去。

周行嘆氣想，唉，昨天剛發行的演唱會 DVD 還沒看完啊，這點時間拿來看影片多好？

周行有些神遊太虛，不小心接收到熊維平鄙視的眼神，他連忙暗自要自己振作點，好久沒正經八百的辦案，平常只是抓抓竊賊、排解一下家庭糾紛，他還是得拿出真本事，不能讓菜鳥看扁自己！

但柯子建不肯開口，周行有滿腹的偵查本事也拿不出手，只能百無聊賴地坐在柯子建對面，旁邊的熊維平默不作聲，一時滿室安靜，只有頭頂電扇規律的旋轉聲。

周行指尖輕敲數下桌子，這樁案子還是得從柯子建這裡下手，才有機會找到突破口。「柯子建，我勸你還是趕快交代清楚。」

這是偵訊技巧第一步驟，同理對方，讓嫌犯認為警察與他們是同一陣線。

「其實我們也找到林靜的病例，她的確是罹患癌症，還想跟主治醫生要求安樂死，因此她找上你的動機，我們都可以理解，你現在只要把遺書交出來，一切就真相大白，你就能回家，不用被羈押在看守所。」

周行苦口婆心的勸著，無奈柯子建沒有什麼被打動的跡象，他只好再接再厲。

「即使最後被檢察官依照加工自殺罪起訴，你也可以趕快入獄服刑，不用這樣乾耗著對吧？」

周行繼續曉以大義，「你一直堅持自己是受死者林靜委託，但你也得給我們警方一點證據啊，你什麼都不說，將來上法院的時候，你還是得說啊，何必浪費我們的時間？」

周行自認自己口氣已經很好。

「我不會相信你們。」但沒想到柯子建一副刺蝟模樣。

「現在只有我們能救你，你還不相信我們？」周行匪夷所思。

「除非你們讓我走，我自己去取遺書。」

「你想太多！」

周行火氣上來，又不能動手打人，他不管三七二十一，乾脆順應剛剛內心的渴望，拿出口袋裡的手機，自顧自地開始看起心愛的 Pink Dream。

Pink Dream，是韓國當紅少女偶像團體，每一梯次會有七名正式少女團員。這些少女團員，從十二歲開始接受訓練，十六歲時登台演出，但在二十歲那年就必須退休，由下一梯的少女團員接替，每一梯次的演出生涯都只有四年，是名符其實的少女團體。

眼看周行又開始看起 Pink Dream 的影片，熊維平翻白眼，但也沒打算接替周行的訊問工作，桌子另一端的柯子建，還在堅持不肯交代案情，一會兒後卻發覺眼前的兩個刑警沒打算理會他，反而把他晾在這裡。

沒人求他開口，柯子建此時反而慌張，他想起自己跟那女人策畫的過程，又想起自己必須守護的秘密，他很害怕，不斷地思考到底是哪裡出了問題，又想到如果自己真的被判刑，必須待在監獄多久？他會不會再次獲得自由時，已經是遲暮老人？

思考這些事情，讓柯子建內心焦躁不安，無法維持本來刺蝟般的模樣，他開始在椅子上左右晃動，發出不等音量的噪音。

周行嫌棄他干擾到自己，竟還轉身背對他，把手機的音量鍵打開，一時之間，這個沒有任何窗戶的狹小偵訊室，迴盪著 Pink Dream 團員們青春的歌聲。

周行偷偷瞄柯子建一眼，他打算使用不同的偵訊技巧：冷落對方。雖然他更多的原因是不想繼續浪費時間，忍不住想看一眼心愛的偶像們，來撫慰自己疲憊的靈魂。

果然，柯子建很快沉不住氣。「你們的工作不是應該找出真相嗎？」他怒氣洶洶的質問周行跟熊維平。

「你聽好，我可沒興趣在一個殺人犯身上浪費時間。」

周行聳肩，頭也沒抬。他用行動表示，他寧願再看一眼自己心愛的偶像，也不想浪費一秒給柯子建。

「我早就說過……我不是殺人兇手！」

柯子建用力咬牙，彷彿都可以聽見他牙床發酸的聲音，他臉孔扭曲。「你要我講幾百次，是那女人拜託我，她跪在我面前，說求求你殺了我，別讓我最後痛苦的在病床上打滾！」

柯子建幾乎是低吼的說出這些話。

「哦？證據呢？我們上次抓到你的時候，已經替你做過一次筆錄，但你什麼證據都不肯交出來，你以為法庭審判會等你嗎？下個月你就會開庭，以殺人罪起訴。」

周行冷笑，他心想，這種死到臨頭還不肯配合的人，他自己都不著急，別人替他急什麼？他有的是方法，來來來，好好給學弟上上課，這就是偵訊技巧第三步，步步進逼。

「你們警察……全都不是好東西，一定會銷毀我保留下來的東西。你們放我出去，我自己去拿！拿到之後，你們就知道我說的全是實話！」

「老兄，現在還是白天，不要做夢。」周行嗤笑。「你殺人，當場被抓，現在喊著說自己是受到死者委託，這種狀況你還想要假釋？哪個法官的頭被門夾到，是要放你出去湮滅證據嗎。」

「……所以你們要冤枉好人嗎？」

柯子建貧弱地反駁。

「好人？」

周行忽然轉身，雙手拍桌，發出巨響，他看著柯子建那畏縮的模樣。

「會害怕警察的人都不是什麼好人，你即使沒有殺人，也一定有什麼不能公諸天下的噁心罪行。別浪費我的時間，你就兩個選擇，一個等待判決，一個是乖乖把遺書交出來。」

「遺書是她給我的保命符……」

「想太多，我告訴你，遺書交出來也沒這麼簡單，除了筆跡鑑定以外，我們還要累得跟狗一樣，把你跟林靜的周邊交友狀況全部釐清，你以為一張紙能代表什麼？」

「那是她親手寫的！」

「那是你現在唯一的機會！我告訴你，你要是不肯配合，我乾脆什麼都不要查，反正你殺人的證據，我們隨便抓都一大把！」

「我……反正我不會交給你們這種人的！」

柯子建從牙縫擠出這句話，但在周行挑高的眉毛中，他卻又閉嘴不言。

「不然我們來談談你自己，你平常的喜好、常去的地方，你是一個什麼樣的人？一般人即使有惻隱之心，也不會幫助別人自殺吧？」

周行又稍微放緩語氣，他看得出來，柯子建對警察非常不信任，他剛剛那番話只是嚇唬對方而已，柯子建有可能因為各種原因，對警察這個職業產生心理創傷，或許他得從突破對方的心防開始，因此他改變方向，決定先深入了解柯子建這個人。

「我？我沒有什麼好講的！你到底是不是警察啊？你不是應該去核對我所說的話嗎？明明有一大堆的證據啊！你們為什麼都視而不見！我、我要見我的律師！」

但不知道為什麼，周行試圖跟柯子建閒聊的方式，反而讓柯子建大為激動，甚至再度顯示出焦躁的模樣，又開始在椅子上前後搖晃。

周行暗自皺眉，柯子建現在是因為殺人罪被起訴，很快法扶就會指派律師給他，但他現在不肯開口，對案情是毫無幫助。

周行佯裝聳肩，再度冷處理柯子建的情緒，自顧自地繼續看著 Pink Dream 的影片。熱情的歌聲繼續在偵訊室裡蔓延，一曲終了又接續下去，少女們不知疲憊，永遠燦爛。

周行目不轉睛，偶爾還能哼上幾段，他輕輕搖晃著腦袋，穿著皮鞋的腳尖跟隨節拍點地。看到演唱會的歌手與粉絲大合唱的片段時，他甚至感性的輕按眼角。

啊，Pink Dream 的團員純真又熱情，對世界還懷抱著夢想，她們如新生之星，冉冉上升，閃閃發亮，根本不用去考慮世界有多麼殘酷，隨時有陷阱在人生的道路上，只要踩錯一步，就萬劫不復。

不管剛剛兩人之間的氣氛有多麼劍拔弩張，Pink Dream 的歌聲跟舞姿不斷在這個狹小的空間內旋轉、冒泡，發揮化學作用，讓人感覺到氣氛慢慢地平緩下來。

不管因為什麼目的而播放的音樂，都盡忠職守的做到安撫人心的責任。

負責做紀錄的熊維平不發一語，他由衷地不喜歡周行，也不打算插手這些偵訊的過程，他只要做好自己的部分就可以。只是出乎他意料的，周行即使平時非常懈怠，任務能推就推，除了泡茶跟追星以外沒有別的嗜好，偵訊技巧倒是有模有樣。

就熊維平自己看來，眼前的柯子建，似乎已經開始動搖，考慮要不要吐實的邊緣。

「十六歲的女孩多麼漂亮啊。你們說是不是？真美好的生命。」周行看完一段，感慨的說著。

「你是變態吧！」

慢慢停下搖晃動作的柯子建忽然發言。

「啥？」周行根本沒仔細聽他說啥，只是回個發語詞。

「我說，你這種人就是變態啊！」柯子建咬牙切齒。「我要換一個警察！我不要你負責我的案子！之前幫我製作筆錄的那個小隊長呢？」

「你當作菜市場買菜啊！還可以挑挑揀揀。今天要大白菜，明天要高麗菜？」周行不耐煩的揮手。「小隊長車禍，現在不能工作。」

雖然其實只是小腿骨折，推著輪椅也是能來上班的，不過周行才懶得解釋這些。

「你當時不好好把握機會，現在就只剩下我。」

「我不相信一個心理變態的警察能辦好我的案子！」柯子建振振有詞，「這可以成為我更換承辦員警的理由吧？我要投訴，我要換掉你！」

「我哪裡變態，不要亂講，我可沒猥褻你！」周行皺眉，他可以跟監視器發誓，他從頭到尾都沒碰到柯子建一根寒毛，他對柯子建才沒興趣咧，完全不知道對方在亂說什麼！

「你一把年紀還迷戀少女團體，你不是變態是什麼？」

「就因為這樣？」周行忽然把手機拿到柯子建面前，螢幕上是主唱金珠熙漂亮的容顏，「你看她們，多麼漂亮，多麼有活力，我喜歡她們就是變態嗎？她們在我眼裡，比這世界上任何的事情都還要乾淨、有活力，比很多人都還值得活著，我把我的時間浪費在這裡，你就認為我是變態嗎？」

「你都幾歲了，還喜歡少女，誰可以接受？」

「不能接受的不是我，所以錯的不是我，是我以外，這世界上的其他人。」

「全是別人的錯？你瘋了啊！」

柯子建似乎被周行的一番話嚇到。

「如果喜歡與眾不同的東西就是變態，你的想法太狹隘。」周行唉聲嘆氣地搖頭。

「不過沒關係，我可以理解，你們這種正常人就是如此膽小……」

「你就這麼喜歡她們？」柯子建狐疑地問。

周行的答案是一把拍上熊維平的肩膀。

熊維平被他拍得差點撞上桌子，怒目而視。「你幹麼？」

「作證啊。你不是看不慣我值班的時候追星。來來來，跟這個有被害妄想症的傢伙說，我有多喜歡這些小孩子？」

「……沒看過像你這麼厚臉皮的人。我認為他說的對，你是應該好好檢討，至少上班的時候不要看這些東西，一點警察的樣子都沒有！」

熊維平被拍得惱怒，一連串地炮轟自己的同僚，接著才重新拿起筆。他現在恨不得立刻離開偵訊室，不要跟周行這傢伙一起被歸類為敗類警察。

但對面的柯子建聽到熊維平這麼說，卻忽然下定決心。

「那我可以相信你一次。」

「哦？你想說了？」周行表面若無其事，內心卻納悶，這傢伙也喜歡少女團體啊？之前新聞說 Pink Dream 的周邊主力購買客群是大叔他還有點不信，現在看起來竟然是真的，柯子建年過三十，可以歸類為大叔，長得這麼清秀，嗜好跟自己差不多嘛！

柯子建點點頭，鄭重的對著周行開口。

「我告訴你，那女人的遺書，就放在她郵局的郵政信箱裡，我們計畫這件事好一陣子了，從她被宣判癌症開始，她一直尋找能協助她的人，我只是倒楣被她看上，她糾纏我很久，我不得不幫她……」

※※※

周行在郵局職員的協助下，真的從柯子建所說的郵政信箱·取出一封信。

其實他還搞不清楚柯子建那傢伙為什麼忽然願意信任警方？很明顯，柯子建對警察有著敵意跟畏懼，所以寧願緘默，也不願意跟警方討論案情。

周行當時只是想詐一詐柯子建，才會說柯子建有什麼見不得人的罪行。但沒想到還沒詐出東西，柯子建的態度就有了一百八十度的大轉變。難道是自己喜歡 Pink Dream 這個點，剛好對了柯子建的胃口？那柯子建是喜歡少女團體，還是喜歡喜歡著少女團體的自己呢？這一串念起來有點饒舌，周行忍不住打了個冷顫，決心不再想這件事情。

柯子建告訴他們，林靜生前與他計畫這件事時，已經按部就班地斷絕所有與外界聯絡的管道，但為了怕百密仍有一疏，她親自來郵局申請郵政信箱，以後寄給林靜家中的信，都會轉到這裡，再由柯子建定期過來領取，避免有人會對她的「失蹤」起疑。

柯子建可以完全代替她活著，處理完她這單調又寂寞的下半生歲月。按照他的說法，林靜的確是自願讓柯子建結束她的生命，他們倆設想周到，一一解決掉所有會讓別人起疑心的疑點。

林靜替那間公寓辦理自動轉帳，她在自己的帳戶存下一筆不大不小的存款，每個月都會自動扣繳水電費，大約可以扣個三十年左右。

即使柯子建不再前來維護公寓內的設備，靠著自動轉帳，林靜的屍體在存款扣款完畢之前，都不會被任何人打擾。畢竟她擁有那間房子，無人有權在她還「活著」的時候，處理她名下的財產。

她在遺書內留下一個聲明給外界。

周行撕開信封外袋，倒出一張薄薄的紙。

信件很短，就半張信籤，上頭簡短陳述林靜自己的想法，以及她想自殺的自主意願，特別解釋她對疼痛的敏感程度異於常人，所以無法採取任何自傷的自殺方式，比如上吊或者割腕，另外她也不想造成鄰居的困擾，所以開瓦斯、燒炭、跳樓都不在方案內。

她還細心地說明，如果她不找柯子建幫忙將她放入冰櫃，在她獨自死亡之後，因為無人聞問，恐怕會在數天之後她的屍體才被發現，她擔憂自己的面容會驚嚇到救護人員，也會造成附近鄰居的房價下跌。

最重要的，她不想要在死前面臨恐懼的折磨，所以才會請求柯子建的協助。她的筆跡秀麗、端正，看起來撰寫信件時神智清醒，最後特別寫上一句話。

我，林靜，以此遺書證明——我是自願讓他殺了我。

周行翻翻信，單以遺書來說沒有什麼疑點。林靜娟秀的字跡如同她的樣貌，沒有多餘的筆劃、不華麗、筆跡淺，沒什麼特別引人注目的地方，可以斷定的是，這完全是個女人的字跡。

當然還有很多要查證的地方，比如通聯記錄、計畫犯案過程，但有這封遺書，至少已經初步確定調查方向。

這封書信的字句順暢，前後文能夠貫穿，沒有一絲語意模糊之處，更表現出書寫者的強烈訴求與個人意志。林靜的確是以此信，作為她向社會表達的最終意願，也是她留給柯子建的一個護身符。

她在信中最主要的訴求，就是希望自己能安安靜靜地離開人世，不要帶給任何人麻煩，也不用在病榻之間痛苦掙扎。她的確只剩下沒幾個月的性命，即使柯子建不幫她，她的人生也即將畫下句點。

如果柯子建與她有仇，根本不需要動手，她離人生最後一哩路已不遠。周行自己也曾有親屬罹患癌症，他知道最後那段路有多麼難走，抽搐、嘔吐、失憶、內出血、疼痛，這些身體上的衰敗，再再都讓人恐懼，再加上不知哪一天才是自己的死期，簡直可以比擬死刑犯等待槍響時，日夜折磨的恐懼……身體加上心理，雙重加重，這些沒完沒了的痛苦，能讓人即使活著都已經身在地獄。

老實說，周行是打從心底同情林靜跟柯子建。或許柯子建做的事情違反社會倫理跟大眾想像，但也不該被以殺人犯對待。

他把遺書裝進證物袋，接下來送回分局內，向刑事局提出筆跡鑑定申請。等到鑑識人員做完林靜的筆跡鑑定跟指紋採驗之後，憑藉這封遺書，柯子建應該就可以獲得更改起訴罪名的機會。

加工自殺在台灣仍然有罪，但刑責比起殺人罪要輕上很多，或許在社會輿論的聲浪支持之下，還有機會判個緩刑，台灣這幾年來對於安樂死的看法開放許多，也有一票民意支持的基礎。

周行帶走遺書，認為這件事情差不多結束了。

輕鬆解決一個案子讓他心情愉快，自從用槍意外過後，他已不認為自己是稱職的警察，還留在警局，只是不知道自己幹了這麼多年的警察後還能去哪裡，他也曾想過離職，但他早與社會脫節，根本不可能進入公司上班，最好的去處恐怕是退休同行引薦的保全公司，但一想到自己要跟豪宅的住戶們鞠躬哈腰，他又覺得胃泛酸水，深怕自己會一時控制不住情緒，從警察變成犯人。

或許他就待在分局內，幹些這種跑跑腿、做做宣導的事情，也算對得起薪水吧？至少他今天破了一樁案子呢！

周行低頭看錶，今天他要值班，還不能下班，乾脆把遺書順便送回分局內，晚點沒什麼事情，還能在休息室睡一會兒。

此時，他的手機忽然響起來，他低頭一看，是熊維平打來的，周行本來想接，但拇指滑過去，又決定改成靜音，反正這傢伙也沒什麼好事情會找自己。似乎不對自己冷嘲熱諷就會遭天譴似的，自己才不要找罪受接這通電話。

周行上車，把手機扔在副駕駛座。

周行拉下車窗，轉開音響，Pink Dream 的歌聲從車內流洩。尤其是主唱金珠熙的聲音，清亮穿透，在獨唱的時候非常亮眼，她們受了多年訓練，就為了短暫站上舞台的這幾年，她們彷彿刺鳥般，以青春年華作為生命，貢獻給觀眾。

她們的一生就只有這轉瞬四年了。

此時，被周行丟在副駕駛座的手機，不斷無聲地響著。

人在分局內的熊維平打不通周行的電話，氣惱的知道周行自己一個人去取遺書了，雖然分局長要他們合作，但是周行這般不肯配合的態度，自己也拿他沒辦法，算了，隨便他去吧！

熊維平拉開椅子，繼續辦公，才剛被要求合作的兩人，壓根不想搭理對方。

第二章

SECTION 2

鋪天蓋地的雨，下在巷道之間。

周行氣喘吁吁的奔跑，他跑得上氣不接下氣，心臟劇烈跳動，大雨幾乎把他澆透，連鞋子裡也全是雨水，跑步的時候，會發出沉重的悶響聲。

他眼前視線模糊，什麼也看不清楚。

可是他一步也沒有停下來。不管他有多麼不願意繼續往前。雙腳像是有自主意識，不斷向前邁開，他拚命叫自己停下來，不要再跑，不要往前，不要去那個地方，會發生無可挽回的事情……

但他什麼都做不到，他心裡的絕望逐漸湧現，他知道前方等著他的是什麼，濃厚的悲哀湧上心頭，他感覺到恐懼跟窒息，他一次又一次地陷入相同的循環，卻無力掙脫。

眼前，就是那個轉角！

周行拚命地想阻止自己，他用力咬住下唇，鮮血的味道立刻竄進嘴裡，他悶聲叫著——呃呃呃呃呃——他感覺到劇痛，猛地從床上翻起來。

是夢。

房間裡只有他一個人，天還沒亮，伸手不見五指，但他現在的心臟劇烈跳動，腎上腺素過度產生，彷彿人在極度的危險之中。

一切都是因為剛剛的那場夢。

周行當然知道是夢。他已經被這個夢糾纏了一年之久，從用槍意外之後，他就開始做這個噩夢。

在夢裡，他反覆又反覆地犯下過錯，即使他想要遺忘，這個夢境也不斷提醒他。最後，夢裡的一切會化作惡臭的泥沼，把他吞噬進去，讓他跟鮮血還有屍體一起翻攪。

像今天這種，能成功從噩夢中逃脫的狀況，反而一隻手數得出來。雖然換來的代價稍微疼痛了一點。

周行伸手觸摸自己的下唇，鮮血淋漓。

不過可以停止噩夢，他還是很感激這一點傷口。

他從床上爬起來，瞥了一眼手機，現在約莫凌晨四點，他滿身大汗，身上濕得彷彿剛跑完一場馬拉松，只是從頭到腳都在發冷，一身的冷汗。

他走向洗手間，隨手脫下四角褲，踩在磁磚地板上，如同這一年的每一天，打開蓮蓬頭的冷水開始沖澡。

周行心想，如果今天運氣夠好的話，他或許還可以回去睡個覺。但他也很清楚，過去這一年，他的運氣從來不夠好。

雖然今天是個例外，或許可以期待一下。

他洗完澡，照例在床上翻來覆去，要是過去的每一天，他就會再度想起那件事情，想起拐過那個轉角之後，他會做出讓自己後悔終身的事情。

而他為了避免自己回憶，通常會打開廚房最上方的櫥櫃，拿下一些裝在玻璃瓶裡的酒，慢慢喝著，直到天邊的晨曦微微發亮，他如果還沒有醉倒，就能看著晨曦，心想，又是麻木的一天過去。活著也沒有那麼困難。

可能因為今天是個成功逃脫的例外，讓他的心情挺好——有時候，人生就是只剩下這種事情可以期待，他忽然想起一件事。

他赤裸著上半身，只穿一件四角褲，坐在窗邊的椅子上，思索起林靜的遺書。他已經把遺書繳回分局，但那封遺書的內容簡短，又讓人印象深刻，他現在可以毫不費力地回想起來。

大抵上來說，信件內容沒有什麼疑點，更正確的來說，信件內容實在太短，短得無法分辨出有什麼瑕疵，但重看一次，卻有一個疑點大得像足球賽那最後五分鐘的十二碼罰球，所有人都不可能忽視。

為什麼林靜要留下遺書，卻又交代同事報警呢？

光是這點，就令人匪夷所思。

按照林靜原先與柯子建的計畫來看，只要林靜的同事不報警，林靜的確很有可能長眠於他們共同打造的現代墳墓裡。

但林靜的同事有說，林靜交代她當天下午四點，如果林靜沒接電話，就直接報警。而這才是整件事情會曝光的關鍵原因。

從這個角度來看，周行忽然認為整件事情必須用不同的角度看待了。他反覆回想信件的內容，拿出筆記本，慢慢寫下明天的偵查方向、必須詢問的人、詢問內容的重點疑問。

窗外，雨又開始下了。

這個城市總是多雨，下起來沒完沒了，要是碰上梅雨季，更讓人以為這個城市被一朵巨大的烏雲包裹著，沒有露出一絲邊邊角角。

但在這淅淅瀝瀝的雨聲中，他的思緒卻越發清晰。

周行轉動著鋼筆，他已經很久沒有做這些事情，他隱約感覺到罪惡，他是已經不配做為一個警察了，但眼前的案子又在呼喚著他，他無法置之不理，他想知道真相是什麼。

作為一個刑警，他對於埋藏在迷霧後方的真相，有一種無法輕易放棄的執著，他洗完冷水澡後，裸露在空氣中的毛細孔，正微微的顫慄著。

即使他認為自己有多不配稱為一個警察，他也無法否認，他因為即將開始查案而興奮。

※※※

隔天一大早，周行就來到林靜生前工作的飯店。

如果要做筆跡鑑定，最重要是取得林靜手寫的其他筆跡來比對。

只是他沒想到，現在一切都數位化，給他造成不小的困難。

「簽到表？我們沒有那種東西啊。」

周行面前的飯店經理，露出困擾的表情。「我們公司採用指紋打卡已經行之有年，很久沒有讓員工手寫簽到。而且林靜已經辭職，跟我們公司沒關係！」

「少說這種話，我們做為警察的職責，就是要釐清死者生前的所有事。這裡是林靜生前最後工作的地方，不可能一句辭職就毫無干係。」

「但我們真的沒有讓員工用紙本簽到的習慣……」

「連任何林靜的簽名文件都沒有嗎？」

周行十分困擾。他早上已經跑過一趟林靜的公寓，但那裡被林靜——姑且說是她好了，打掃得十分乾淨。別說簽名，連一張林靜手寫的紙張都找不到。

周行只好轉而向林靜工作的飯店要求，請他們出示林靜的簽到表等相關文件，好讓警方進行筆跡鑑定。但沒想到，一切都被科技取代的結果，就是他們根本找不到林靜的簽名。

「硬要說的話，可能幾年前，她到職時有簽過類似工作合約的東西。但也好幾年前了，這個可以嗎？」

「筆跡鑑定需要日期相近的文件。」周行頭好痛。

「我們已經廢除紙本簽到多年，有打卡鐘跟員工登入系統，現在大家都是電子化啊……」

被周行抓著不放的飯店經理，心裡第一百次咒罵林靜，這女人看起來乖乖的，這幾年工作也沒出什麼狀況，誰知道，一搞就是這麼大一包！現在外界媒體一天到晚跑來採訪，說要了解「自願死者」的過往，還抽絲剝繭的開始檢討房務員的工作，是不是一份使人絕望的工作？拜託！工作就是工作，什麼工作不使人絕望啊？他現在想到董事長的臉色，也很絕望啊！

飯店經理陷入煩躁中，真是恨不得當初沒錄取林靜。再不然，當初林靜要辭職的時候，底下的人要是能察覺出一點不對勁該有多好？這無關人命，關係到他會在董事長眼裡扣上多少分啊……

這時他身旁的秘書，忽然湊過來，對著他的耳朵說幾句話，他立刻露出為難的神情，眼角餘光偷覷著周行。

周行幹刑警多年，立刻心領神會。

「我來這裡是為了查林靜的案子，其餘的事情我不管。」

經理聽到周行的保證，抬抬下巴。

旁邊的秘書立刻湊向周行，小聲開口。

「我知道她們房務員私底下會打點小牌，有輸有贏，但因為公司禁止聚賭，抓到的話會沒收所有檯面上的現金，所以她們都會先用小本子抄起來誰贏多少、誰輸多少，寫完還要簽名蓋手印。」

「林靜玩嗎？你說的這個。」

「好像會下去玩兩把，你可能可以找到一些她的簽名。還有你剛剛指定要找的房務員，高梅蓮也蠻愛打牌的，我可以帶你去找她。」

「走吧，別在這浪費時間！」

有秘書的帶領，周行很快就找到那名替林靜報警的高梅蓮。

高梅蓮很侷促，臉上帶有看到警察時，底層人民那種一貫的畏懼，周行為了降低對方的戒心，沒先翻開那本所謂的牌局輸贏小冊。而是先問她林靜為什麼會央求她報警。

「警察先生，我全部跟你們小隊長說過，我……」

「現在這個案子由我負責，你跟他說過的話，再說一遍吧。你說林靜交代你，如果下午四點她沒出現，就讓你報警？為什麼？」

「從頭交代喔，對啊。她跟我約在飯店門口，要拿藥材給我，她說她以前有一個藥方，特別適合不孕的女人吃，我媳婦啊……」

「我是問你，她為什麼要你報警？她知道自己會有生命危險嗎？」周行不耐煩地打斷人家。他是要高梅蓮從頭講，但沒要她白頭宮女話當年啊！

「我不知道啦。但她男朋友很可怕啊，好像不讓她分手，林靜說他們那天要約在她家談判分手，但她說對方威脅她，要是敢提出分手，就要殺掉她，林靜怕自己真的有危險，才交代我要報警。」

「男朋友？你知道她男朋友是誰嗎？」

「我不知道欸，她很少講自己的事情。只知道是叫什麼阿建的吧？」

「她告訴你的？」

周行瞇起眼睛。阿建，指的是柯子建嗎？

他剛剛特意不先說柯子建的名字，就是不想誤導高梅蓮，不過媒體已經鋪天蓋地的報導，高梅蓮知道嫌犯名稱的可能性不低。

「不是她講的。」高梅蓮很老實地搖頭。「我們打掃的時候，手機要統一放在休息室桌上，我年紀比較大，不用推垃圾去倒，比她們都早回來休息，有時候會看到她的手機響，有個名字是阿建的人會一直打給她。」

「這樣也不能判斷阿建就是她男友啊。」

周行被對方的邏輯搞得心浮氣躁。

「唉唷，警察大人，我們偷聽過她講電話。她會跟那個人說晚點就回去了。還問對方想吃什麼，她下班順便買回去。」

「……你們沒別的事情好做嗎？」

「警察大人，每天的工作都很無聊啊。」高梅蓮不好意思的訕笑，「林小姐單身，身材又維持得很好，跟我們這種中年婦女不一樣，我們大家都對她很好奇啦！」

「所以她跟她男友怎麼了？」

「她又不太講自己的事情，只是她最近身上常常有傷，很多人都有看到，傳來傳去的，看起來像是被人家打的。」

「都在哪個部位？」

「有時候是手，有時候是腰。」

「你跟她很好嗎？腰這個部位不是一般朋友可以看見的吧？」

「也沒有很好……到底什麼時候看到？」高梅蓮皺眉思索一會兒，忽然眼神一亮，「我們常常要去曬毛巾啦，像這樣子曬啊！」

高梅蓮墊起腳尖，舉起手像是在把什麼東西掛上高處，這時候身上的飯店制服微微拉起，就會露出腰間的位置。

周行理解了，這是一個不經意地窺視。

「我知道了。」周行蓋上筆記本。

事情似乎與他一開始所想的大相逕庭，柯子建只是單純好心幫助林靜嗎？如果這一切都是柯子建編造出來的謊言，那警方反而被他愚弄在手心裡！林靜的生命的確已經開始倒數，但如果有人因為某種不得不發洩出來的暴力或者仇恨，想直接將她的生命歸零呢？

不管林靜的生命還有多長，這種暴行都是無庸置疑的謀殺。

周行拿起旁邊的牌局輸贏小冊，從最早開始翻，果然如秘書所說，賭注不算太大，頂多一台一百元。只是打的不是牌，而是麻將。

「你們是開飯店還是開賭場？」周行盯著秘書。

秘書連忙陪笑。「以後不准，以後不准。」

周行繼續翻，一開始沒看到林靜的名字，後來才逐漸出現，尤其是這幾個月，林靜下場搓麻將的次數更多，每幾頁就能翻到一個。只是看到這裡，周行的眼睛反而瞇起來。這龍飛鳳舞的林靜簽名，可完全不是遺書上那娟秀安靜的字跡啊。

「這個是證據之一，我帶回去局裡。」

「啊！」高梅蓮發出驚叫聲。

「你有問題？」

「沒有、沒有！只是……警察先生，我們可不可以印最後幾頁下來？這個禮拜的賭帳還沒清，林靜這下可好，死了就死了，還害我這個月的好手氣都打水飄了，唉唷我的辛苦錢啊……」

周行受不了高梅蓮的叨叨念念，搖頭要秘書解決，他則帶著帳冊趕緊走了。

※※※

周行將遺書與帳冊的筆跡都送去刑事局，很快地收到正式的鑑識報告。只是筆跡鑑定的結果很出人意料。

先講結論，這兩份文件內的兩個筆跡，其實都是林靜的字跡。

兩兩份筆跡看起來很不像，似乎是完全不同性格的人寫下的簽名，但筆跡鑑定不是看像不像而已，而是根據寫字的順序，包含每一道筆畫起始跟結束的位置，還有勾勒的輕重力道，甚至是角度跟墨水的愛好。

這些全都會列入參考的範圍。

而經過嚴密的鑑定系統後，這兩個筆跡證實都是出自林靜之手，乍看之下不像，但細微處的寫法是一樣的。

只是鑑定報告也給人更啟人疑竇的線索。

林靜遺書上的簽名，雖然是她親手寫下，但很有可能是遭人脅迫之下寫的，她在精神緊張的狀態下，有可能寫下與平常完全不同的簽名。

甚至還有一種大膽一點的假設——這會不會是她對外求救的一個訊號？她被迫寫下那種像是自白的書信，其實已經遭到壓迫跟凌虐，才會使得她的字跡變得細小跟瘦弱。如果從這個角度來看，結合林靜同事高梅蓮的說詞，恐怕自警方要重新看待柯子建的說詞。

周行蓋起筆跡鑑定報告，準備再去一趟看守所，把柯子建借提出來，重新訊問。但沒想到還沒走出辦公室，就被同事通知，分局長叫他過去，周行心裡抗拒，但他還是敲響局長室的門板。

裡頭的人很快回應，要他進去，周行只好不情不願的推開門。

「分局長好。」

「聽同事說，你今天一整天都在外面查案子。」分局長和顏悅色的對著周行說話。周行卻有種芒刺在背的感覺。

「這是我份內的事情。」周行說到這，皺起眉頭。「但事情跟我們想的不太一樣，柯子建的口供充滿破綻。」

「哦？」分局長示意他坐。

周行老大不願意，他內心總抗拒這種場合，他知道分局長想玩鼓舞下屬那一套，但他內心已經失去動力，只想趕快把案子完結。

「我很好奇這樁案子，說給我聽聽看。」

分局長熟知周行弱點。這傢伙吃軟不吃硬，馬不喝水，沒辦法強壓馬頭。真的逼緊了，還會狗急跳牆，直接辭職。

這次要不是馬競連受傷，恐怕周行還要躲著裝無能。

明明也是一個人才，之前辦案的時候勤奮又細心，破案率高不說，很有可能很快升遷至中央，訓練回來也是一個小隊長。只可惜他的心結一直存在，別人說也沒用，他自己想不開，就越來越頹廢。

想到這，分局長的態度更趨溫和，「還是你們前線的刑警比較好，我年紀大了，被困在這些文書工作裡。講給我聽聽吧，我好久沒出去查案子。你要知道，我以前也是跟你們一樣，從第一線刑警幹起，什麼事情都跑第一個。那些日子多快活啊。」

周行忍不住翻白眼，大家都知根知柢，不用玩這一套。

分局長這老狐狸，明知道自己有多想被開除，分局長最好對自己疾言厲色，指責他不配當個刑警，這樣他就能夠徹底放逐自己。而不是像現在這樣，分局長用一種極大的耐性，好像看小孩子鬧彆扭般，慢慢等他恢復成從前的樣子。

不過也是因為分局長這樣的態度，周行才能有一點勇氣，每天仍然進來輪班，做一些其他刑警根本懶得做的事情。

他可以說服自己，他領這份薪水至少不會愧對他人，反正他可以做一些大家不願意做的事情。

看分局長似乎真的很想知道，周行乾脆一五一十地說清楚，把自己查到的東西，跟刑事局給出來的筆跡鑑定報告，還有他現在的想法跟疑點，全都向分局長報告。

周行大費周章地說完這些後，還忍不住抱怨。

「現在跟你說完，晚點還去找小隊長報告。」

分局長本來只是想讓周行好好重溫一下，向長官報告案件的感覺，希望促使他早日回到正軌，但聽完這些，他也不禁嚴肅起來。

「殺人罪跟加工自殺罪的罪責差很多，這你知道吧？」

「我準備再探探那傢伙的口風。之前是我們太先入為主，被他的噱頭唬住，說什麼幫癌末的人解除痛苦，說不定這一切都是他一手策畫。」

「他如果謀畫好這一切，還打著替人安樂死的幌子，那就太可惡了。我建議你，先清查他跟林靜之間有沒有什麼糾紛，比如錢，還是你查到的感情部分，去核實看看他們是不是真的是情侶。」

「好。」周行點頭。

「你要小心處理，這案子現在受到外界矚目，媒體又動輒得咎，如果檢方最後仍以殺人罪起訴，卻沒給出什麼確切的證據，恐怕會被說成不支持安樂死的落伍政府。上頭不開心，我們就遭殃了。」

「我知道。」

「去吧！」分局長手一揮，結束這其實沒什麼意義的案子報告。周行其實早已有資格成為獨當一面的小隊長，自己根本不用瞎操這個心。他會盯這麼緊，純粹是私心，周行是聰明人，破案率很高，他希望周行早日振作。

但分局長在周行臨走前，還是又交代一句。「你查到的東西先不要跟媒體說。我們跟檢察官討論看看，再對外宣布。弄個不好，會起輿論的。」

畢竟周行唯一的缺點就是實心眼，鑽進牛角尖裡就出不來，到現在還在為一年前意外的案子懺悔。

「我知道。又不是第一天查案子。」

周行本來只是想調侃分局長，但說完這句卻忍不住恍惚，他曾經習慣的日常生活，他以為自己會幹到老的工作，但他失去對自己的認可，他還有什麼資格查案？

分局長看到周行的樣子，馬上知道他又陷進死胡同裡。才剛想什麼，就來什麼，這傢伙腦袋簡直跟石頭一樣硬。

「我說過幾百次，一年前那個案子，根本不是你的錯，你只是正當防衛，檢察官都調查過，沒有任何程序上的瑕疵，雖然對方未成年，但你當下也不會知道，最後都撤銷起訴，你為什麼就是想不開？」局長重重嘆氣。「你到底要把那件事情放在心裡多久？」

「他才十六歲……」

「更殘酷的案子我都辦過，十五歲的少年姦殺繼母跟妹妹。你是刑警，看過的骯髒事情還會少嗎？十六歲又怎麼樣？對我來說，犯錯就是該死，我們警察只是一條狗，逮住他們讓法律制裁，你只是運氣不好，咬人的過程咬死人。」

分局長的比喻很難聽，但他就是希望周行把自己的位置放低一點，不要老是認為自己可以挽回一年前的錯誤。

人都不是上帝，當下不可能擁有全知視角。

「但其實當時我……」

「不要再說，調查已經結束。」分局長倏地站起來，語氣轉嚴厲，與剛剛那個溫和的樣子截然不同。

「我……」

「快去吧。案子重要。人命關天。」

分局長揮揮手，再次催促周行。

等到周行出去，他才重重嘆氣，他是真的拿周行沒辦法，這傢伙拗的要命，只能勸說，不能使勁用力，否則一個不好就會折斷。他很清楚，周行隨時會離職，放逐自己。

他還聽說周行自從用槍意外以後，還跟老婆離婚，周行倒是想把房子讓給老婆，但他老婆一不做二不休，帶著女兒回娘家了。

身為長官的自己，現在唯一能替周行做的事情就是，保下周行，讓周行慢慢睜大眼睛，看看自己其實什麼都沒做錯。要他來看，警察嘛，又是刑警，開幾槍才不算什麼事兒。

轉身離開的周行，站在門外，怔忪好一會兒，他剛剛差一點就說出真相，卻被分局長嚴厲的阻止。他心裡想，是啊，他能夠瞞天過海，或許分局長也順水推舟幫了一把。

分局長說的沒錯，刑警只是一條隸屬於司法的狗。他們只負責找出證據，抓到犯人，剩下的事情，跟他們毫無關係。

但是他們的存在是為了遏止犯罪，還是為了拯救社會大眾？

周行搖搖頭，這問題沒有解答，林靜的命值得警方付出心力，被自己射殺的那個少年就不值得嗎？
他終究與分局長的想法不同。

第三章

SECTION 3

「我跟那女人沒有任何關係！」

柯子建咬牙切齒地說著。臉上除了憤怒以外，更多的是厭惡。

「林靜的同事說得很清楚，她的男友就是你。如果你們有這層關係，你應該提早說清楚，不然我幫不了你。」周行聳肩，他的確在套話，但柯子建不會知道。大棒夾著胡蘿蔔，這也是他慣用的偵訊伎倆。

「我真的不是她男友。」但柯子建出乎意料的堅決否認。「我幫她，只不過是順手幫忙而已，我說過，我只是太好心。」

「你的好心，讓你現在陷入牢獄之災。」

「那個女人就是要害我！」

「她有什麼原因害你？」

「我怎麼知道！」

問話又回到原點，鬼打牆。周行有點不耐煩。

今天一早，周行再次把柯子建借提回分局詢問，但翻來覆去，柯子建的答案跟上次沒有什麼差別，周行煩悶的想出去抽菸，反而是旁邊負責記錄的熊維平心平氣和。

周行不想在後輩面前認輸，硬生生把自己的菸癮吞下去。試圖擠出自己所剩不多的耐心跟柯子建周旋。

「我已經拿到你所說的遺書，但上面的字跡都不是林靜慣用的字跡，甚至鑑定小組說，這很有可能是你威脅林靜所寫下的遺書。」

「我沒有！」柯子建又大聲起來。

「好吧，不然我們從頭來過。你跟她是怎麼認識的？她總不會是在大馬路上找上你的吧？」

「我們……」柯子建明顯的躊躇。

這時熊維平忽然開口，扮演白臉的角色。

「我們是真心想幫你，如果你連我們都不肯相信，又要怎麼讓法官相信你呢？你把你跟她認識的過程，還有你們籌畫這件事的細節都講清楚，或許我們能找到替你平反的證據。」

「不用管他啦，他連自己的命都不要，我們著急什麼。」

周行也適時地扮演黑臉的角色。

這招似乎起作用，柯子建的臉上出現掙扎。

「我、我們……是在一個讀書會上認識的。」

柯子建的眼神飄開，講話語速變慢，很明顯還想隱瞞些什麼，但周行沒有馬上戳破他，只讓他繼續講下去，嫌犯越講越多，破綻就會自己出現。

「我有固定參加讀書會的習慣，我們一個月見面一次，她是一個多月前，由讀書會發起人帶過來的朋友。」

「你們讀什麼書？」

「……沒有特定項目。」

「真是微弱的謊言啊。」周行起身，俯視著柯子建，「你連一本書名都說不出來，還想要我相信？柯子建，你不要以為打著好人的旗幟就可以保你不死，你用這麼驚世駭俗的方式殺人，還以為能夠瞞天過海，你知不知道，你扯的噱頭越大，死刑的機率就越高。畢竟現在社會輿論全在關注你，還有人權組織想營救你，你想讓他們失望嗎？」

「我真的沒有騙你，你想要書名我也可以給你……」

柯子建垂下雙肩，神情萎靡，像是終於被逼到絕路的狗。原本那裝腔作勢的樣子再也撐不起來，只能夠把尾巴夾著大腿骨之間發抖。

他看著桌子上的倒影，沒有直視周行，低低開口，他語氣很低，像是下定決心，交出自己最脆弱的部份，換取活下來的機會。

「你去南門路一段四十五號，那邊有一間ＩＯＢＱ地窖餐廳，你找老闆，雷光，他就是讀書會的發起人，也是他帶林靜進來的。他說林靜是他的朋友。」

周行心臟一跳，還真沒想到柯子建能夠給出這麼詳細的線索，「他能夠證實你們不是男女朋友嗎？」

「不行。」

「那有什麼用？」周行搖頭，「對這個線索很不滿意，他頂多證實你們是怎麼認識的，又無法替你解除嫌疑。」

「他不能證實我們不是男女朋友，因為我們本來就不是，沒有的事情怎麼證實呢？」柯子建直勾勾的盯著周行，眼裡似乎有火，他一咬牙，「但雷光可以證實我是同性戀。」

他忽然給出一個驚雷，炸得周行瞪大眼睛，熊維平也一愣。

眼前的柯子建雖然神情萎靡，但身材修長，一頭短髮理得乾乾淨淨，不是說他對同性戀有什麼歧視，但柯子建跟他想像中花枝招展或者喜愛穿著緊身衣褲的男同性戀完全不一樣。

不過以三十二歲的這個年紀來看，他也完全跟一般男人大不相同。

他看起來很稚嫩，跟這世界很有距離。

「我對女人沒有興趣，也沒有反應。」柯子建看著周行跟熊維平，眼神裡是清澈的無奈，這一瞬間，周行甚至以為自己看見小鹿斑比。

柯子建繼續說，「我沒有打算出櫃，所以身旁沒人知道，但我會跟老闆雷光一起去三溫暖。」

柯子建的嘴唇逐漸開始微不可見的顫抖，「我是零號，我定期會去做愛滋篩檢，之前肛門得過一次菜花，你可以從我的就醫紀錄看到。你想知道更多的細節嗎？」

「……好，我會去的。」周行抹把臉，他並不喜歡偵訊的過程，這是一種來回的攻防，但獲勝也沒有得到勝利的感覺，只是把另外一個人的心靈防禦徹底擊潰。

「這是一個挺有利的線索，雖然的確很難證明你與林靜不是情侶關係。」周行闔上資料夾，示意熊維平，偵訊結束。

但柯子建忽然拉住周行的手，滿臉祈求。

「拜託你，盡快讓我交保，我快受不了這裡了。」

周行知道很多人第一次被關，都會產生嚴重的適應不良，但柯子建的聲音更加哀求與畏懼。周行不明所以的看著柯子建，直到對方顫抖著，手指慢慢拉下衣服領口。

柯子建與熊維平同時看見，柯子建那略微鬆開的衣領口，裡頭有好幾個針刺的醜陋圖案，包含委靡不振的陽具跟好幾個G。

那些圖案的邊緣泛起紅色的腫脹，傷口正在發炎。

周行第一次湧起憐憫的心情。

「我會盡力去查，也跟監所打聲招呼，讓他們看著你一點，只是你自己要保重，還有什麼證據就盡快提供，確定起訴之後，說不定就不用繼續羈押。」

「謝、謝謝你。」

柯子建不斷發抖，對他們這種人來說，看守所與地獄無異。

那是一個弱肉強食的地方，而他這種人，正巧是食物鏈的最底端。

※※※

周行與熊維平把柯子建送回看守所後，就回到分局裡，周行自顧自地在自己的位置上思考案情，沒注意到分局長把熊維平叫進分局長室裡。

分局長對熊維平曉以大義，還告訴他一年前那樁關於周行的用槍意外的詳細經過。

分局長對熊維平說，他當然是站在周行這邊的，只是沒想到周行不僅頑固還耳朵硬，一直無法從那件事裡釋懷，分局長希望熊維平可以刺激刺激周行，畢竟他們以上壓迫下的方法已經嘗試過，周行卻毫不買單，裝聾作啞，被逼急就說要辭職。

現在熊維平剛進分局不久，不論官階只論輩份，還在周行後面，反正全分局都知道，熊維平跟周行本來就不合。

要是熊維平以後輩的角度，在這樁案子裡挑釁周行，說不定周行會願意奮發向上，努力查案，而不是成天那副死樣子。

熊維平當下就心想，這是不可能的事情。周行就那個擺爛的模樣，沒有人能夠改變他。但面對分局長的殷切懇求。熊維平還是只能答應，他悄然無聲地回到位置上，思考怎麼把分局長的要求辦到一次。

只要一次就足夠，他只是交差了事，應付應付。

而坐在熊維平旁邊的周行，還在虐殺著自己的腦細胞，周行調動著自己目前在這樁案子裡看到的畫面跟記憶，以及偵訊柯子建時，柯子建臉上的每一格表情，試圖來釐清案情。

周行沉思，柯子建那眼神裡的驚懼到底代表什麼意思？

柯子建對警方有一定的戒心，一開始偵訊時，柯子建甚至不肯交出林靜的遺書，他擔心會被警方毀損。

但如果他是同性戀，這一切就能說得通。即使已經是現代社會，對於同性戀的容忍度，並沒有比以前高上多少，身處於陽剛又僵化的警政體系裡，周行非常清楚這一切——柯子建或許受過警察的傷害。

想到這，周行立刻打電話，請其他同仁幫他調出柯子建的前科檔案。

很快地，周行收到檔案，果不其然，柯子建曾經在網路上召妓，對方是十六歲的男妓，交易地點選在公園廁所裡，最後因為兩人的行跡太過鬼祟，被附近巡邏的警員帶回警察局，拘留一夜。

當天的詳細情況以及對柯子建造成什麼影響，可能要詢問當年偵辦的員警才知道，但自己也在路上逮捕過形跡可疑的犯人，周行知道那不會是什麼太過愉快的場合，更何況是與未成年少年進行性交易這種案子……

確定柯子建今天的自白沒有說謊。周行決定先放棄林靜的恐怖情人到底是誰的這個問題，他想從外部物件來一一確立。

首先，他想到的就是讓林靜展開無痛死亡旅程的起點——那些林靜服下的過量安眠藥，到底是從何而來？

周行打開屍檢報告，林靜死前服用大量的 Stilnox，也就是所謂的使蒂諾斯，安眠藥。使蒂諾斯屬於管制用藥，並非隨手可以在藥局取得的藥品，那是誰提供林靜這些藥物？根據柯子建的口供，這些是林靜自行準備的藥品，他完全不清楚來源。

使蒂諾斯作為最重要的死亡旅程起點，找到這些藥的供應者，或許就能幫助自己找到真相。

周行沒有前往林靜陳屍的公寓，那裏已經被林靜與柯子建徹底打掃乾淨。他向值班員警打過招呼，走進證物室，逐一翻看鑑識小隊帶回來的證物。

林靜向飯店辭職、停辦手機、撤除一切保險跟投資，那間公寓裡，幾乎沒有她的個人物品，連一件大型家具都沒有，更別說什麼零碎的飾品或者收藏。

完全找不到跟她有關係的個人物品。

周行被迫陷入死局，他坐在證物室裡面，頭頂的老舊日光燈跟電風扇一起發出嗡嗡的聲音。

每個死者都能從生前的物品拼湊出是一個什麼樣的人，比如喜愛的書籍、珍藏的音樂，甚至現在只要打開個人電腦，從瀏覽器的紀錄，就能獲得這個人的一切愛好跟興趣。

但林靜家中空無一物，他們連林靜的手機都找不到。

根據柯子建的口供，林靜為了不要讓鄰居起疑，在事前兩周，已經請來搬家公司，把多數家具清運至垃圾場，而對外的說法就是林靜即將搬家，這裡將委託給房仲出售。

這樣也能打消日後鄰居多日沒看見林靜的疑惑。

事實上跟林靜稱得上點頭之交的鄰居根本沒幾個，問得最多的反而是管理員，詢問的原因也只是因為擔心搬家的時候，搬家工人磕磕碰碰會撞壞電梯，屆時他還要被扣薪水。

因此林靜順利地清除幾乎大多數的個人用品，沒有任何人起疑。

在現今社會裡，與人維持著距離，以點頭之交的狀態跟鄰居維繫，是最好的社交方式，大家只要知道林靜搬家，至於是哪一天搬走的，搬去哪裡，之後還有沒有人入住，就不關他們的事情。

而大樓的保全一日兩班，他們只做好份內的工作，在工作以外的事情，已經學會不看、不聽、不多嘴。

沒有人會冒著被屋主責怪的風險特意去報警，警察也不可能在沒有家屬的要求下破門而入。

林靜的私人用品全進入垃圾場，銷毀的銷毀，轉賣的轉賣，已經無法尋回。除非周行有決心跟垃圾掩埋場抗戰到底，不然目前垃圾掩埋場這條路可以忽略不計。

現今，周行所擁有的就只有眼前的這一小袋證物，哦，還有一架巨大的冰櫃，現在放在法醫研究所。

這一袋證物裡，有鑑識小隊帶回的床單跟一個小零錢包。床單是林靜身在冰櫃裡，柯子建最後為她蓋上的那件。零錢包內則有林靜的證件，包含身分證、駕照、健保卡，還有兩顆印章跟存摺，當時跟房屋鑰匙一起從柯子建身上搜出來的。

柯子建說，林靜把這些全部留給他，以備不時之需，如果真的有人找上門來，柯子建將能以林靜委託的代理人身分，處理掉林靜在這個世界上最後的牽扯。

真是天衣無縫的設計。

但林靜拜託同事報案，就是給這個設計一個致命的突破口。

她跟柯子建彷彿站在迷宮裡的兩個出口，等待周行自行走到他們面前，找到真相。但走向他們之前，必須先選擇兩條完全不同的道路，哪一邊都具有同樣的份量，目前周行尚且無法判斷。

煩躁的周行忍不住打開手機，Pink Dream 今天有電視台專訪，剛剛製作公司把完整的訪問影片檔放到官方網頁上。周行的韓文不行，竟然為了聽她們的專訪而學會上韓文網站，不過也就只有這樣，他記得主頁上的幾個按鈕分別是什麼意思，但她們跟記者嘰哩咕嚕的對話，他是一個字都沒聽懂。

他手上夾著三張林靜的證件，任意舞動著手指，看著三張卡片不斷翻轉，耳邊聽著 Pink Dream 團員們高亢的聲線，對他來說，這些如夢似幻的美好，並非虛假，反而是真實世界裡，對他最好的安慰。

他心情逐漸愉悅，身後的證物室鐵門被打開，熊維平轉身進來，手上拿證物袋，袋內裝著黑色手槍，周行知道那椿案子，是熊維平刑責區前幾天抓緝毒抓到的槍枝。

熊維平剛好跟周行回頭的視線撞在一起。

兩人的目光一觸即離，熊維平眼裡有明顯的不屑。周行就不明白，對方為什麼對他這麼有敵意？但他才懶得理會這些，他耳朵繼續聆聽團員們嘰嘰喳喳的聲音，忽然有一個字彙吸引他的注意力，Stilnox。

記者說了好幾遍的 Stilnox。

這個詞，非常熟悉，似乎剛剛在哪裡聽過。

他背部打直，把影片翻回去看，這是一個專訪，記者會問一些團員們日常的生活，他敏銳地發現，從有 Stilnox 詞彙的這一題開始，大家的神情有種僵硬感。

但他來回聽了好幾遍，還是無法明確地知道記者詢問的問題，以及團員們的回答。

「記者問她們，網路傳言她們因為表演壓力過大，而向精神科求助，使用安眠藥 Stilnox 入眠，甚至服用抗憂鬱劑跟酗酒，這個傳聞是不是真的？」

熊維平站在周行背後，冷冷的替他把這一段翻譯出來。

「她們說：『這絕對是謠言，我們是偶像團體，壓力當然會有，但我們都保持正向心態，沒有使用任何藥物，至於為什麼會有這樣的傳言，可能是想打擊我們，但我們會繼續努力，不會被打倒。』」

「……你的韓文這麼好啊？」

周行吶吶地回答他。

「我曾經到韓國交換一年。」熊維平居高臨下，鄙視的看著周行。「跟你這種不事生產的廢物不一樣。」

周行的臉嚴肅起來，這句話就重了，他微微瞇起眼睛，火氣在心裡纏繞。

對方看穿他想反擊的意圖，但根本不給他反擊的機會。

「我查過了，你不就是殺了一個未成年毒蟲嗎？有什麼好耿耿於懷，就因為這種事情一敗塗地，你根本不是個刑警！」

「你懂什麼？」周行終於忍不住，胸口的火燒得他竄起來。「他還那麼年輕，身高只到你的胸口，高中都還沒畢業，我殺了他啊！他倒在那裡，血跟水一樣往外流……」

「無聊！」對方冷冷的從唇間丟出這兩個字。「毒蟲，對社會沒有任何益處，就是垃圾，只會妨礙社會安寧跟增加我們的工作量，這種人最好去死，只要法律判處他們死刑，我願意第一個執行任務！」

「你……」

周行噎住，看著對方眼裡毫不妥協的信念，「那是一條命……」他的聲音弱下來。

「那你的命，賠給他吧。你既然已經沒有做一個刑警的銳氣，你還查什麼案？快點滾回去在垃圾堆裡腐爛，現在的你，就跟那些毒蟲一樣，活著也只是浪費！」

熊維平轉身，皮鞋敲在磁磚地上，發出響亮的聲音，彷彿打在周行臉上的巴掌。他逕自走出去，心想分局長要他來加把勁，刺激刺激周行的命令，他這下真是貫徹到底。

不過說實話，這也是他內心的想法。既然要成為刑警，就必須筆直的朝著唯一的目標走去，朝著正義的方向，而非被無謂的事情迷惑。

如果內心沒有足夠沉重的砝碼，把自己沉進案子跟罪惡裡，反而被牽扯著隨意飄盪，連自己的人生都搞得進退兩難，那就不應該走向這條路！要追查犯罪，必須擁有鋼鐵般的意志。

※※※

周行坐在公園裡，眼前是一群在遊樂器材底下，嘻笑的小孩子們。

他一個大男人，頭髮長不過三吋，線條剛硬，西裝褲雖然整齊筆直，但裡頭的襯衫沒有紮進褲子，從外套下襬露出來，警察的氣息某種程度跟黑道很像，幾個媽媽們盯著他看，眼裡流露戒備。

直到一名女子坐在他身邊。

女子穿著整齊的套裝，腳踩著高跟鞋，身上一貫是低調的蘭蔻香水，注視著不遠處的小孩子，開口跟他打招呼。

「好久不見。」

「嗯。大半個月有吧！」周行回話，雙眼還是盯著溜滑梯上的小女孩，小女孩綁著馬尾，額前覆蓋瀏海——現在被汗水浸溼，往外旁分，不斷來回跑動著，彷彿有無限的精力，永遠用不完。

「你跟逸萱最近好嗎？」周行開口問。

「長得很快，你沒發覺嗎？又高了一公分。」對方停頓一下。「我還好嗎？老樣子。最近忙了點，之後會到美國出差，你想看她，就連絡我媽。」

「你媽不喜歡我。」

「我知道。」

兩人忽然沉默下來。

這名女子其實是周行的前妻，李雪京。

兩人離婚快一年整，溜滑梯上的小女孩就是他們的孩子，周逸萱。離婚後，周逸萱的監護權歸李雪京——周行沒跟她搶，本來要把還在付沉重房貸的房子也留給她們母女倆，周行自己搬出去，卻沒想到李雪京簽了離婚協議書的當晚，就帶著孩子回娘家了。

李雪京深深吸氣，似乎有什麼話想說，但她還是保持沉默，且沉默得越久，她想說的話就跟胸中的空氣一樣，越消散無蹤。

她嘆氣，想說的話全數化為空氣，從肺部擠壓離開，畢竟從那件事情之後就是這樣，如果她不開口的話，周行什麼也不會說，久了之後，她也不知道該如何跨越周行給兩人之間劃下的界線了。

「出差的時間大概下個月底吧！」

她最後開口，已經不是一開始想說的話語。

「好。」周行點頭，表示自己有聽見。

「逸萱最近喜歡上佩佩豬，再兩個月是她生日，你記得買一隻佩佩豬的玩偶給她，要主角，粉紅色的那個，不要買錯，我已經替你答應她。」

周行露出笑意。「為什麼喜歡豬？」

他以為小孩子都會喜歡一些更可愛的東西。比如貓貓狗狗。

「別問我。小孩子的流行口味比當季的時尚風格還難掌握。反正我已經跟她說，只要乖乖吃藥，爸爸就會買給她。」

「吃藥？」周行立刻起身皺眉。

「嗯。前幾天小感冒，沒事，已經康復了。」

「哦，那辛苦你了……」

周行知道生病的女兒有多鬧騰，但下一刻，兩個人的對話又陷入停頓。

而這樣的模式，不是第一次。

李雪京常常在想，為什麼兩個人會變成這樣呢？

當初周行也不是這樣悶不吭聲的男人，談戀愛的時候，周行也是有自己的愛好跟興趣，他喜歡聽少女團體的歌，從年輕就開始追星，現在最喜歡的 Pink Dream，自己還曾經為他熬夜排隊買這個團體的演唱會門票，周行當時眼裡的笑，她到現在都還記得。

但什麼時候開始，周行已經無法對自己開口說話？

是她的錯，還是他的錯？

還是那件事的錯？

那他們都沒有錯，是不是就成為死結？

「是我太忙。逸萱都讓你一個人顧。」

「嗯？你想跟她一起住一陣子嗎？我去美國出差的時候，你可以帶她，她很想你……」李雪京的聲音微高，她又連忙中斷。

她痛恨自己為了周行的任何反應做出情緒波動。這一點她從以前就告訴過自己，不要再期待，不要再等待。

「沒有。逸萱讓你照顧，我很放心。」

李雪京說不出話來，周行果然拒絕，而且又是這樣客套的對話，到底自己為什麼走不進周行的心裡？

她的心又一次墜落，刮傷整個心房，帶來遲鈍的悶痛。

「爸爸！」

逸萱從遠處奔來，臉上滿是委屈，為什麼爸爸來了，沒有人告訴她！她嘟著嘴，投入周行的懷抱，幾乎要哭出來。

周行心疼得要命。

「乖乖，爸爸跟媽媽聊一點事情。本來就想說等你玩開心，再叫你過來。你不是跟同學一起玩嗎？」

「我想爸爸。」逸萱的聲音從周行的懷抱裡悶悶地傳出來。

「爸爸最近比較忙，你乖……」

「我們什麼時候回家跟爸爸住？」逸萱不屈不撓，這是她每次見面都要問的問題。在她的心裡，還是不能理解，為什麼周行因為工作忙，她們就得搬去跟奶奶住？

「嗯……」

周行看向身旁的李雪京，試圖求助，但李雪京根本不願意看他，兩人視線沒有交會，周行只好想辦法轉移女兒的注意力。

「你生日的時候要辦派對嗎?要邀請很多小朋友嗎?爸爸會帶禮物去看你,還幫你準備蛋糕好不好?」

「冰淇淋口味的!」

「好好好。」寵溺地允諾,完全不管李雪京在自己身旁翻白眼。周逸萱是早產兒,氣管不好,幾乎不能吃冰。

「爸爸,我可以拜託你一件事情嗎?」

周逸萱忽然仰起小臉,眼裡滿是認真。

「好啊!」

周逸萱從周行的懷裡爬起來,打開自己幼稚園的書包,掏出兩隻鉛筆,一隻新的、一隻舊的,但花色跟樣式都長得一樣,攤在周逸萱手心裡。

「這是我隔壁同學跟隔隔壁同學的,他們有一樣的鉛筆,可是不小心混在一起,現在吵架,不知道誰是誰的!」周逸萱滿臉期望,

周行瞪大眼睛。「那你怎麼給人家帶回來?」

「我說我爸爸是世界上最厲害的警察,他只要看一眼,就能分辨出來,我幫他們

先收好，分出來再告訴他們！」

周行笑出來，他是刑警，又不是算命仙。

但他從來不捨得拒絕女兒的要求。他拿起筆，仔細端詳，兩支筆的確長得一模一樣，也沒有標籤還是姓名貼紙，舊的稍微短一些，可能可以從購買日期判斷，但家長不一定記得，也可能只是比較常用，並不是真的比較早買。

他湊近聞，忽然聞見一個花香的味道。

他把兩支筆分開，新的那支明顯帶著茉莉花的味道。

「你同學噴香水嗎？」周行開口詢問，還比出按壓的動作，「你媽媽每天早上噴的那罐，不准你碰的，粉紅色瓶子。」

李雪京沒想到周行還記得。她接過話，「她班上的孩子也不過五、六歲，怎麼可能噴香水？那是香豆的味道，小女生喜歡買一盒，放在鉛筆盒或者書包裡。」

周行頓時恍然大悟。「你拿著新的這支，去問問看誰鉛筆盒裡有香豆，就是她的啦！」

周逸萱先是點頭，忽然又大大地笑開，她歡呼，「爸爸好棒啊！爸爸果然是世界上最厲害的警察！我現在就去跟她們說！」

周逸萱撒開腳丫子，跑向遠方的遊樂器材。

周行臉上的笑意還沒退，李雪京的聲音響起。

「你女兒一直把你當成英雄崇拜。」

「……我不是什麼英雄。」

「到底發生了什麼事情？」李雪京忍不住開口問。她站起來，必須壓抑自己的顫抖，才能繼續把話說完。「你什麼都不肯講，把我跟逸萱推得離你越來越遠！」

周行臉上的笑意消失。

他艱困的舔舔唇瓣，「離婚是你提的。」

「是。是我提的。」李雪京的聲音逐漸轉大，「我無法忍受這種沉默的婚姻，如果我不提離婚，我會悶死在你身邊！」

她用力拉起背包跟周逸萱的書包，在自己失控之前，她想離開這裡。但她只走兩步，看見女兒在遠處的笑顏，還是忍不住停下來，低低的說一句。

「不管你變成什麼樣的人，你在我跟逸萱的心裡，都是那個為了理想奮不顧身的警察。或許我跟逸萱已經不需要你，但這世界上，總有人需要你——拜託你，振作起來吧。」

在李雪京走向女兒的途中，她眨眨眼睛，把眼淚眨回去，換上笑臉，迎向周逸萱。

她曾經是個女人，現在是個母親。

李雪京心裡也不知道自己這場賭注的結果會是如何，但她真的無法看著周行繼續把自己封閉起來，她用過很多方法，試圖走進他的心裡，但全都被拒於門外，她知道自己或許應該慢慢等下去，等到周行願意從他的牆內走出來，但如果周行永遠都不願意呢？

她知道只要裝作一切都沒事，她跟周行還是可以過下去。但女兒難道渾然不知嗎？女兒充滿信賴的眼神，又會怎麼看待已經無法觸碰到對方的父母親？她承認自己在賭，她率先離開，賭周行追上來的可能性。

賭一個他願意親手打破牆的可能性。

她足夠愛他，所以願意等待。

※※※

周行走進精神科診所時，腦海裡還迴盪著李雪京的話——總有人需要你。

但誰還會需要他呢？他搞砸一切，懷著無法說出口的秘密，卻還死皮賴臉的，成為後進刑警眼中浪費資源的廢物，他曾經以為自己即代表正義，卻發現自己跨越了那條線，成為了惡。

他手心傳來刺痛的感覺，他握得太緊。

他低頭看，是林靜的建保卡，上頭有林靜的照片。她直視著鏡頭，看起來面無表情，眼裡沒有什麼生氣，但明顯比她死時要年輕許多，她身上又有什麼祕密，讓她成為媒體所說的「自願死者」，又或者她想說些什麼，她被放進那個冰箱時，腦裡最後的想法是什麼……

周行擺脫這些雜念，開始觀察眼前這家精神科診所。

從 Pink Dream 的專訪裡，反覆被提到的 Stilnox，給出周行新的偵查方向，

Stilnox 是管制藥物，無法在一般藥局取得，只有可能在黑市購買，或者——在精神科診所就診，拿到處方籤後才能領取。

尤其是他查詢林靜的健保卡紀錄，發現她的確在確診癌症後，陸續來過幾次，精神科診所，他們一開始以為林靜是聽從主治醫師的勸導，選擇自行到精神科診所就診，但想想就知道這個想法有個誤區。

林靜在知道自己時日無多後，就想尋求安樂死，直到她離世時，都是選擇讓柯子建替她了結生命，那她又怎麼會想來精神科診所，「治療」自己尋死的這個想法？

所以周行今天查出地址，特地前來拜訪。

這間精神科診所跟一般的耳鼻喉科不同，布置得溫馨舒適，鋪滿木頭地板，營造令人舒適的氛圍，角落擺放著翠綠色的盆栽，座位上也提供一個又一個的大型靠枕。

空氣中沒有消毒水味，仔細聞的話，似乎有淡淡的薰衣草香氣。周行望向角落的電子蠟燭，淡黃色的燭光雖然虛假，卻也令人安心。

「三十二號。周先生。」櫃台護理師，溫柔的呼喚。

周行走進診療間。

「今天怎麼了嗎？」對方身穿白袍，溫和的看著周行。

周行坐下，看著對方放在桌前的名牌，宋敬明，精神科醫師。周行選擇直接亮出自己的刑警證件，開誠布公的想問關於林靜的就醫紀錄。

「宋醫師，你可以說明一下，為什麼開立這麼多 Stilnox 給你的病人，我的死者，林靜嗎？」

「因為我的病人有其需要。」

意料之外也在意料之內，宋醫師十分平和。沒有對周行突如其來的訊問感到不快。

宋醫師溫和的回答周行。他從電腦裡調出林靜的就醫紀錄，還翻開自己的筆記本，他是精神科醫師，跟心理諮商師的治療方式不同，但他仍然會聆聽病人的煩惱。

「但你的病人最後拿這些藥物來自殺。」

周行皺眉，他對這些憂鬱症、自律神經失調什麼的不了解，也不知道為什麼台灣忽然如雨後春筍般，在大街小巷開立這麼多的精神科診所。

是大家忽然開始重視心理健康，還是活下去越來越困難？

「錯的不是藥物，而是使用方式。」宋醫師笑。「周警官，我想你對我們有很大的誤解，藥物只是暫時幫助人們繼續生活，而不能逃避任何事情。」

「林靜為什麼來看精神科？」

「主訴是焦慮、憂鬱、失眠。事實上我開了抗憂鬱劑跟安眠藥給她——我從新聞上看到了，她服用大量安眠藥，請友人加工自殺，我很遺憾這件事情，但她只是做出她的選擇，而不是犯錯。」

「你對自殺者的想法異常寬容。」

「我是個精神科醫師，我很清楚心理疾病不比生理疾病好受。我們可以接受人久病厭世，為什麼不能接受因為心理疾病而尋求終點。」

「我沒辦法跟你探討這個，我只想知道，她有說是什麼原因造成她焦慮、憂鬱、失眠嗎？」

周行切入重點，他踏入診間時，曾經懷疑過宋醫師跟整椿案子有什麼牽連，但宋醫師比他想像的要——極端的坦蕩。

「按照醫學倫理，我不能向你透露這些病人的隱私。」宋醫師拿下眼鏡揉眉心，

「但我輕忽她的狀況，或許她的死我也有責任。」

周行皺眉，急切追問。

「為什麼這麼說？」

「她起先來就診，的確是為了她的自殺傾向，她曾經受過強烈的創傷，而這個創傷雖然隨著時間而慢慢淡去，但從未消失，只是被她壓抑，因此當她知道自己來日無多時，這個創傷就完全吞噬了她的求生意志。」

「她的創傷是什麼？」

「我不確定，她還不肯跟我談這個部分，可能跟某人的死亡有關係。」

「你的意思是你什麼都不知道？」

周行整張臉要糾結在一起了。精神治療對他來說，無異於宗教信仰般的存在，他一直只相信自己的意志，當他判斷自己無藥可救時，他就不認為有誰可以救贖他，即使領有牌照的精神科醫師，或者心理諮商師。

宋醫師猶豫了一會兒，最終嘆了口氣。

「她向我透露她有一名恐怖情人的存在。」宋醫師翻開桌上筆記本，相較於電腦裡滿是英文學名的病歷，這裡是他記下病人私人情況的紀錄。

「這名恐怖情人喜愛的性愛模式，與她非常不同，除了言語羞辱以外，還有粗暴的行為舉止，這些因素都造成她的身心失衡，產生狀況。」

「你沒替她報警？」

「病人是來看診，不是來讓我插手人生。」

「但你剛說你也有責任。」

「她最後一次看診的時候，告訴我，她會在與對方做愛之前，先服用大量的安眠藥，她說這樣可以讓她撐過那些羞辱跟折磨。」

「她錯誤的使用你給的藥物。」

「是的。我當下立刻改變她的處方，我只留下抗憂鬱藥，還強烈的要求她不能再這麼做，但過幾天，我就在新聞上看到她被加工自殺的消息。」

「那我們能不能推論，反過來想，她即使是自願吃下那些藥，也不代表她真的想自殺？她有可能吃下安眠藥，只是為了躲避可怕的性愛過程，但她沒想到，這次她的恐怖男友，乾脆把她殺掉？」

周行腦中歸納出了目前最合理的故事劇情。

「這就是我把她的隱私告訴你的原因。我希望得到解答，她可以使用藥物做出選擇，但兇手不能替她選擇，我知道她的生命剩下不久，但那仍然是她的生命。如果可以，希望你能將最後的真相告訴我。」

「這是我的職責，我也希望我能夠告訴你答案。」

周行走出精神科診所，一切仍然如迷霧。

他所得到的線索，竟然全都能夠指向兩種道路，到底林靜跟柯子建，誰在說謊？每一個階段，背後都有一個模糊的人影，所有人都知道林靜有個恐怖情人，讓她無法分手，甚至導致她必須求助精神科，取得處方藥物，但這人是誰呢？真的是柯子建嗎？

就在周行思索的時候，他的手機響起鈴聲。

局內配合的法醫，讓他過去法醫研究所拿報告，周行開車過去，很快地抵達對方的辦公室，這名法醫與分局配合好幾年了，雖然驗屍速度不算特別快，但很細心，也很有經驗，可是他這次卻面色沉重的打開報告，要周行看看林靜的驗屍照片。

周行一看照片，就看見幾個人體部位，有略微脫水的狀態，但上面都浮現著輕輕淺淺的瘀青傷痕。

法醫闔上報告。

「這些傷都是死前造成，也不是致命傷。」

「她的死因還是勒死的對吧？」

「對。但這些傷痕遍布全身，甚至連私處都有，林靜生前應該有很長一段時間，遭受暴力對待。」

周行皺眉，耳邊響起剛剛精神科醫師說的話。

她有可能吃下安眠藥，只是為了躲避可怕的性愛過程……

只是性愛過程而已嗎？還是柯子建根本對她動手施暴呢？

周行揉著眉頭，他查到的東西越多，與柯子建告訴他的故事卻相距甚遠，他拿到報告後，站在法醫研究所前翻開隨身筆記本，他習慣把一些重要的資訊抄錄在其上，他翻到最後一頁，柯子建所說的那家餐廳地址：南門路一段四十五號，躍入他的眼簾。

看來既然周邊的一切線索都指向林靜與柯子建的關係，那他也只好正面迎擊，先解決這個問題，他不能再假設柯子建所說的故事為真，必須改變觀點。

他在車內脫下刑警外套，從後座拿出偶爾在警局留宿的行李，特意換一雙舒適的夾腳拖鞋，把衣服襯衫的第一顆扣子解開，撥亂頭髮，看起來像是尋常上班族，下班後想到附近餐廳吃點好的，順道喝兩杯，消磨回家前的時光。

如果語言裡藏著謊言，那就用自己的眼睛看見真相。

不只是這間在柯子建口供裡出現的餐廳，他還要走過柯子建的所有日常。

第四章

SECTION 4

周行裝作疲憊的樣子，彷彿真是一個受盡一天苦楚的上班族。

上班族這類的人群，總在天亮的時候走進辦公室，天黑的時候才能離開，他們與炙熱的陽光無緣，即使是假日也多數在家裡補眠，將所有的時間都貢獻給公司，換取每個月得以繳納各種支出的薪資。

周行調整好情緒，裝模作樣地打開ＩＯＢＱ地窖餐廳的大門。他隨意走進去，映入眼簾的是一張長吧檯，跟一個半開放式的廚房，一樓沒有其他的用餐區了，但吧檯左側有個樓梯往下，看起來是通往地下室。

不枉費外頭的招牌上的噱頭，說是一間地窖餐廳。

服務生很快前來帶位，帶著周行往下走，雖然以規模來說，這個所謂的地窖應該只是一般屋宅的地下室，但因為裝潢風格特殊，兩旁的牆面都鋪上石塊，牆上的燈光來自生鏽的金屬燈具，朦朧暈黃、昏暗不明，加上傳來微微發黴、陳年釀造酒桶的氣味，因此也不算是純屬噱頭，周行真的有進到地窖裡的感覺。

周行在心裡默默評論著，他的食指掛著外套，披在自己右肩膀上，沉默地選擇地窖裡一個角落的位置，這裡是柯子建所說的地窖餐廳，是柯子建與林靜認識的地方，老闆也是唯一能夠證實他的同性戀身分的人。

周行沒有打草驚蛇，沒有直接出示自己的刑警證件，周行單點一份澳洲小羊排，還有一杯紅酒。

服務生把帳單壓在桌角的時候，周行瞳孔稍微放大，刑警的薪資不算低，但如果要日日支撐這樣的花費，那很快就捉襟見肘，但他仍然面不改色，切開柔嫩的小羊排，送進嘴裡，慢慢咀嚼。

他安靜的用餐，爵士樂流淌在店內，陸續有客人下來用餐，但人數不多，稀稀落落，在地窖角落調酒的老闆，仍然漫不經心的擦著玻璃酒杯。

這老闆不缺錢啊？

每個來這裡用餐的客人似乎都能和老闆聊上幾句，比如上次的哪一道餐點怎麼現在沒了？又或者是今天沒時間，改天再點道費工的菜色；以及寄瓶的酒還剩下多少，產地又送來什麼好貨……

周行沉默地吃飯，看似悶頭不語，五感卻銳利的像把小刀，慢慢切割這個空間，每切開一部分，就細細的琢磨研究。周行很快地發現，在角落裡調酒，很少與客人搭話的那個中年男子，就是這間ＩＯＢＱ的老闆。

周行在心裡排列自己的觀察結果：餐點價位偏高、來的客人都是熟客，餐點美味，但稱不上無與倫比，還有令人無法忽視的要素，來這裡用餐的客人，全都是男性。他玩味的看著桌子上方銘刻的ＩＯＢＱ，琢磨一下，ＩＯＢＱ不就是１０６９嗎？

周行忍不住想。柯子建說的話真的有幾分真實啊。

周行用完餐，輕輕地擦嘴，正打算找老闆談談時，樓梯上傳來皮鞋聲，一名男子滑著手機走下來，身上還穿著分局長上次去泰國買回來的外套，聽說一件兩百元台幣，一人一件，人人有禮。

周行眼角抽了抽，冤家路窄，這人是熊維平。

在服務生的指引下，熊維平隨意落座，坐在距離周行兩個間隔的位置，他行色匆匆，似乎比起偽裝的周行還要疲憊，還要更像是來吃飯的客人，他皺眉看著菜單，猶豫的來回翻兩次，就隨便地指一道，周行眼角餘光看見，那是招牌烤春雞，寫在菜單上的第一頁，熊維平要不是很喜歡這道菜，就是沒來過這裡，只能相信店家推薦。

根據熊維平剛剛看菜單的時間來看。後者的可能性要高過前者。

但他為什麼會走進這裡呢？

周行好奇，挪動兩個位置——中間的顧客已經用完餐離去——直接坐到熊維平旁邊，熊維平正稀哩呼嚕的吃著沙拉。他點的是一整個套餐，可以算得上是菜單上前幾項昂貴的食物。

熊維平靜地喝完湯之後才抬頭看周行。

「幹麼一直看著我？」熊維平眼神冷靜，沒有突然看見周行的驚慌，顯示他一下來就看見周行，只是懶得跟周行打招呼。

「沒事、沒事。你怎麼會在這？」周行面帶微笑。

熊維平皺眉，「我路過，吃個晚餐。」

「這麼昂貴的晚餐？」周行瞇眼，認真打量熊維平，這一看才知道，熊維平的衣著都是講究，不是什麼高調的名牌，卻至少也是中等階級以上的料子。

「你家很有錢？」周行單刀直入。

「沒有吧。我爸死得早，能有什麼錢？」熊維平一愣，反應過來自己幹麼跟自己最討厭的傢伙說實話。

「哦。」周行笑笑，熊維平這身衣服看起來並不高調，但其實抵得上一般上班族的基本薪水，他要不是沒說實話，不然就是這衣服不是他自己掏錢買的，吃米不知道米價，把昂貴西裝褲當成工作褲穿。

「所以你今天只是剛好過來吃飯？一個人？」周行再問。

「臨時去幫附近的派出所翻譯，一個外國人弄丟錢包。」

「這種事情現在也歸我們管？」

熊維平瞪周行一眼，意思是對方明知故問，周行攤手。

周行向服務生招手，又加點一杯紅酒。

熊維平繼續切著春雞，他囫圇吞棗，看起來是真的餓壞。

「你剛畢業多久啊？我記得你才二十五歲，什麼時候去韓國當交換學生的？」周行又開始沒話找話。

熊維平艱難地吞下春雞。他還真意外，周行今天對自己這麼有興趣。「你想幹麼？」

周行聳肩，地窖裡面已經只剩下他跟熊維平，「查案子。調查一下客人跟老闆，不過有鑑於你是我同事，暫且不會跑，所以老闆先。」他向老闆招手，等到老闆走到面前，他才掏出警證放在桌上。

「你是老闆雷光吧？柯子建這個人，你認識嗎？」

雷光很高，肩膀寬厚，身形雄壯，周行目測，就知道對方至少九十公斤以上，隨著周行的問題出口，雷光皺起眉頭，眼裡出現碰見麻煩的神情，但目光沒有閃躲。

「我認識。」

「你們什麼關係？」

「朋友。」

周行晃紅酒杯，兩杯，還動搖不了他的神智，真是感謝他這一年來，不為人知的酗酒問題。「我簡單說吧，柯子建的案子你應該也很清楚，就是『自願死者』的案子，但我調查的結果卻不只這麼簡單，很多證據顯示，柯子建很可能與死者林靜處於交往關係。」

「不可能。」雷光幾乎是反射性的回答。

周行心裡喀噔一聲，雷光斬釘截鐵的回答，就像在撞球檯上，桿子擊發一顆母球，但母球垂直進入袋中，只是把局勢拉得更平衡，更無助於案情。

周行試探性的問，「為什麼？他讓我來找你，說你能夠證明他的清白，你們是戀人關係嗎？」

雷光聽到這個問題，卻忽然輕笑。

「不，我知道你想要問什麼。坦白告訴你吧，我們都是同性戀，但我們兩個撞號，不是戀人關係，不過那傢伙沒辦法對女人勃起，這我很清楚。」

「你怎麼知道？」周行反問。

「我們會一起上三溫暖，我看著他跟人性交，他只對他偏愛的類型有反應而已，他連男人都很挑，更別說是女人了，他根本害怕女性。」雷光使用非常赤裸的詞彙，這會使得很多異性戀不自在，但周行強迫自己坦然與雷光相視。

「什麼樣的類型？」

「警官，你不如自己去問他。」雷光收起周行跟熊維平眼前的酒杯跟餐盤，「抱歉，小店要打烊。」

「你這是妨害公務。」

「現在這是正式流程嗎？」

周行一窒，他攤手，表示自己認輸。「我問最後一個問題，讀書會又是怎麼一回事？對外開放嗎？我也想參與。」

雷光轉身，從酒櫃旁抽出一本書，遞給周行。

「你讀完，來找我，我就讓你參加。」

「《家裡的小秘密》？」周行看著書名。

「很好的書。」雷光惜字如金。「小店打烊時間到了，我不喜歡加班。」

周行站起身，拿起那本厚重的《家裡的小秘密》塞到熊維平懷裡，對著雷光致意，「謝謝你的書，我會盡快看完。」

走出IOBQ地窖餐廳後，周行點起菸，示意熊維平也來一根，熊維平卻露出嫌惡的臉。

「鄰近五百公尺有一間小學，這條人行道全面禁菸。」

「別這麼正經八百，你的世界都這樣嗎？非黑即白。」

「警察要有警察的樣子。對就是對，錯就是錯！」

熊維平的背挺得很直。

周行聳肩，難怪這傢伙看自己特別不順眼，這道德觀完美啊，毫無瑕疵，來當刑警真是正好。反正現在這個年代，也不是過去那種要跟黑社會吃飯斬雞頭喝兄弟酒的時代。

「你今天怎麼會出現在這，最近的派出所附近還有至少還有十間以上的餐廳。」周行沒忘記自己剛剛說的話。先查老闆，再查客人。

周行的話讓熊維平挑起眉頭，再次認知到眼前這人的確是刑警，不管周行想把自己偽裝成什麼模樣，他骨子裡有對線索的執著，彷彿獵犬一般，盯緊目標就毫不鬆口。

「好吧，我也是想今天過來看看柯子建所說的地方。」

「進來就先點餐？」

「先觀察狀況。」

「你覺得如何？」

「雷光跟柯子建似乎都沒有說謊。」熊維平露出苦惱的表情，但下一刻又消失不見。「但我的感覺不重要，我們應該跟著證據走，不要被立場誤導。」

「沒有立場要走向哪裡？」周行嗤笑。

「我尊重你的方式，但那不是我的。」

周行挑眉，熊維平的話讓他啞口無言。「那好吧，我問完話了，按照前後輩情誼，應該請你喝一杯，可惜我們話不投機半句多，我先走。」

「這本書呢？」熊維平拿起手上厚重的《家裡的小秘密》。

周行揮揮手，「你看吧，太大本，我只會拿來當枕頭。我們是一個團隊，要分工合作嘛。」他叼著菸走向自己的車，他跟熊維平這種人沒有交集，也不需要有，他們不僅價值觀不同，也處於不同的世代。

※※※

周行今天打算去冰櫃製造工廠。

林靜家裡那個冰櫃大的驚人，一般賣場跟電器行不會有存貨，所以警方很快就循線找到出貨工廠。工廠的地址距離林靜家有段距離，位在台北近郊。

這間工廠聽說是台製廠商，品質有保證，馬達保固十年，還能免費到府維修，算是挺不錯的服務。

周行心想，不知道林靜跟柯子建當初買的時候，是不是看上有保固這一點？但如果故障，難道真的要請人來維修嗎？裡面可是放過屍體，而且送修的期間，林靜打算把自己放在哪兒呢？除非再買一架，哎呀！林靜真的想把自己凍成冰殭屍嗎……

周行一個人開車，在車上胡思亂想一番，晃晃腦袋，把這些雜七雜八的思緒拋開，轉大車內音響旋鈕，Pink Dream 的聲音流瀉在整個空間。

她們剛發行新單曲，網路上有好評也有惡論。

當個藝人就是這樣吧？

總是得被放大檢視，不過就周行看來，她們已經非常用力活著，努力追尋自己的夢想，像新生破繭的蝴蝶一樣，拼命掙扎。

跟自己不一樣。

自己就像是已經覆蓋在枯葉底下的蚯蚓，藏著見不得光的秘密，無法振作起來，翅膀上全是駝著罪惡，即使羨慕光亮之處，也無法前往，不，應該說不敢前往。

周行俐落地停好車，拔掉鑰匙之後音樂隨之停止，打開門外是撲鼻而來的熱氣，他一下車，工廠老闆就迎向他，熱情的遞名片，握手寒暄。

周行本來略感意外對方的慎重接待，但深入一想就知道，林靜所購買的冰櫃廠牌，還算是整件案子裡的保密資料，並沒有對外公布。

工廠老闆大概不太希望媒體知道，被自願死者選上的冰櫃是他們家工廠製造生產的，因為以後不管是誰，只要看見這款冰櫃，腦袋裡總會閃過媒體上的冰棺畫面。

「老闆嗎？你好。我是周行。」

「你好，你好。」老闆十分侷促，伸出右手想握手，但忍不住先擦褲管。看來是流了滿手的汗，還不住張望周行後頭，深怕有媒體尾隨而來。

「不用擔心，目前還是偵查保密階段。」

周行看出對方的擔憂。

「那之後呢？」

「不需要對外公開的資料，我們不會說的。」

周行給出保證，但實際上，這種事情他說了不算。

警方常年要與媒體打交道，設有對外發言的公關職位，如果這個案子順利完結，或許媒體不會把注意力投到工廠這邊，但如果案子不太順利，這些案件中的資訊，隨時都有可能成為警方丟出去，拿來轉移媒體焦點的誘餌。

更別說，有些常來辦公室喝茶嗑瓜子的記者，其實現在都知道是誰在辦這樁案子，只是周行發生用槍意外之後性格大變，不太搭理他們，分局長這次又下命令，將平常駐守在辦公室的記者全部清場，他們才會需要到警局外面駐守，而不是像平常一樣，在辦公室裡吹冷氣寫新聞稿。

所以周行也只是安撫眼前的中年男子而已。如果記者有心想挖，這間工廠恐怕會被三百六十度零死角拍攝。

「那就好、那就好。」

年過五十的老闆，心裡大嘆倒楣，他不知道什麼是話題行銷，也完全不覺得能夠被自願死者看上的冰櫃，說不定是一種品質保證。他只覺得倒了八輩子的霉，自己研發、製造的東西，怎麼能被人當成棺材呢？

他帶著周行到廠房內部，穿過幾架冰櫃，走到最偏外的一架——一看就晦氣，乾脆擺遠點——他指著純白色的冰櫃，打開上蓋的滑門，垂頭喪氣的開口。

「他們買的就是這個型號。」

周行端詳，犯罪現場的那架他已經看過，的確與這架相同，甚至都一樣嶄新，沒什麼使用痕跡。想必林靜與柯子建為了保證使用安全，也不會給自己找麻煩的去買一架二手貨。

周行內外來回檢視幾遍，大抵對案情沒什麼幫助，他想不出林靜與柯子建特意選擇這個型號的冰櫃的原因，或許他們只是單純挑選一間品質好的，想把這個冰櫃當成不用燒化的棺材使用。

他今天走這一趟，本來就沒抱持什麼希望，他想問的是交易經過。

老闆看周行沒什麼收穫，乾脆如推銷客人般，連珠炮似地的唸出這串他平常的介紹詞。

「臥式冷凍冰櫃，上蓋是玻璃對拉門，開價兩萬八千元。壓縮機台灣製造，比大陸的更耐操，我們保固十年，每兩年可以到府檢修一次，測量冷媒存量……」

「聽起來不錯啊，難怪他們會跟你們買。」周行笑。

老闆愁眉苦臉地搖頭，「您別開玩笑啦。」

「你還記得他們什麼時候來買的嗎？來的時候，狀況怎麼樣？神情正常嗎？」

「……這我不清楚啊。」

「怎麼會？時間太久？不是你接待的？」

「他們購買的那架冰櫃，是在我們公司的網路賣場下訂，信用卡結帳，沒有殺價也沒有電話聯繫，我們收到訂單後，隔幾天就送到他們指定的地址，也就是死者的家……」老闆又打哆嗦，他對這種事情是真的很忌諱。

「付款卡片是誰的資料？」

「林小姐。」老闆不加思索的回答，一接到警方通知，他就立刻去把那筆訂單翻出來，恨不得自己能時光倒流，去取消這筆訂單。

周行摸摸下巴，轉頭又看一眼冰櫃，嘆口氣，本來以為可以透過現場訂購人來釐清案情，卻沒想到是網路下單，這樣子即使是使用林靜的信用卡付款，也不能說明是林靜本人購買。

他點頭向老闆致意，「感謝你的配合，有什麼額外的事情要跟我說，就打我名片上的那支電話。」

「好、好。」老闆把周行送到門口，臉上還是忐忑不安，「請務必保密，我們做的是良心事業，從不偷工減料，說台灣製造就是台灣製造，不像其他同業，到對岸去生產還說……」

周行打斷老闆冗長的抱怨，「我倒覺得是個不錯的廣告啊。」

「哪裡啊！太觸霉頭！」

「反正我只是查案子，我也會跟長官反映，說你們有特別需求，除非真的跟案情有關，不然不會透漏給媒體知道。」周行無奈的再次保證。

「謝謝你啊，下次再來，我泡茶給你喝！」

「有案子我再來。」周行挑眉，換來對方驚愕的連番搖頭。

向老闆道別後，周行準備要走，剛好一輛大貨車倒退著進來停車，周行先後退到屋簷內，以避免擋住人家路線。他看著大貨車停好位置，下來兩個精壯的送貨員。

送貨員穿著冰櫃公司的制服，脖子上掛著一條毛巾，手臂有隆起的肌肉，看起來是長年搬運重物的人，他們跟老闆打聲招呼後，一個走到車旁開始抽菸，另一個則掏出今日送貨的簽收單，還有一疊現金。

「今天有個客人很難搞，明明住五樓沒電梯，還騙我們說是電梯公寓。本來要加價，但她死不掏錢出來，我跟阿明就算了。」

「算了就算了，加價的部份我叫會計算給你們。」

「不用啦！多出一點力氣而已。」

送貨員撈起毛巾擦擦臉，他們是公司正式員工，平常除了送貨以外，就是幫忙廠內一些雜務，偶爾這種順手之勞，他們也不會跟公司計較到底。

說穿了，吃人頭路，還是巴結一點。

老闆用手沾口水，只點算一遍現金，就塞進口袋裡。

「你們做事情我很放心啦。」

周行站在旁邊看，現在大貨車已經停靠完畢，他可以出去開車，但他忽然有個想法。他轉身，走向老闆，「你們家的貨都是他們兩個送的嗎？」

「是啊。早年外包過，但因為冰櫃材積大，有時候送到營業場所內，還要負責定位安裝，這幾年乾脆都由我們自己負責。」

「死者的冰櫃也是嗎？」

老闆又露出彷彿張嘴不小心吃到蒼蠅的樣子。「是啊！」

「我能問個話吧？」

老闆對著那兩名去旁邊抽菸的送貨員招手。

「我是負責偵查林靜案子的警察。」周行看他們一臉茫然，「也就是自願死者的案子。你們有看新聞吧？」

「喔喔。我們知道，老闆有說。說我們冰櫃被當成棺材超晦氣的！」年紀輕一點的那個送貨員，直白地開口，老闆在一旁哀聲嘆氣。

「那天是我們搬去的沒錯。」年長的送貨員回答。

「有發生什麼事情嗎？誰簽收的？這麼大的冰櫃，你們是直接搬到家裡吧？」

「是啊。管理員才不會收。死掉的那個女人家裡有電梯，還好處理，只是現在大樓管理員都很煩，如果弄壞電梯，我們還得賠錢讓他們修理，誰知道是不是我們弄壞的……」年紀輕的那個送貨員，說起話來沒完沒了。

「是林小姐簽收的。」剛剛跟老闆交接貨單的那個送貨員，眼看自己同伴有跟警官話家常的打算，只好把話接過去說。「沒發生什麼特別奇怪的事情。我們還有幫她安裝，測試功能一切正常。」

「是嗎？那至少代表這件事情她是知情的。」

周行皺眉，心裡打出一點盤算。

「她不是自願的嗎？新聞都說她久病想死……」老闆出聲詢問。

「我只是釐清一點案情而已。謝謝你們。」周行不打算說明，轉身就離去。

「欸……其實我後來有回去她家啊。」比較年輕的送貨員忽然語出驚人。

「你回去幹麼？」、「你不是說去附近便利商店大便？」老闆跟年長送貨員異口同聲地問。

「我就把手機掉在那裡啊，其實這件事情也很奇怪，我明明記得我放在外套口袋，安裝的時候我把外套放在鞋櫃上，要走的時候我也有拿外套，可是回車上的時候，手機就不在外套裡了……所以我才跑回去找她啦！」

「然後呢？你特別說出來，是因為發生了什麼事情嗎？」周行嚴肅了起來。

「對啊！」年輕送貨員點點頭。「她開門之後，我就看到她好像在哭。我問她怎麼了？她說她很害怕，問我能不能退貨，她不想要這個冰櫃！」

「你怎麼說？」

「我說不行啊，我們公司保障網路七天鑑賞期，又不是七天試用期，不能每個客戶都這樣啊，訂了又退，我們要搬到死喔！而且油錢、人工都是本啊！」

「阿明！」年長的送貨員喝止他。「你當時為什麼不說？還騙我，說你去便利商店大便！」

「我就怕被罵啊！你說我一天到晚掉東西，再被你發現要扣薪水啊！」阿明委屈得很。「而且又沒有瑕疵她要退什麼？哭也沒用啊！我們那天很累，誰想再搬回工廠？」

「……」

所有人都沉默。

大家忍不住去想，如果那架冰櫃真的回到工廠，是不是林靜就不會死亡？

不過事情只要回溯起來，總有很多節點，會讓人以為回到當下就能夠改變結局，但一，不可能有後悔藥可以吃；二，這些都是當事人的決定。

但這冰櫃造成林靜當下如此大的情緒波動，訂購人會是她自己嗎？

周行每次查到一點線索，就感覺又被拉入更深的迷霧當中。

「不管怎麼說，還是謝謝你們。」他向兩位送貨員點頭致意。

※※※

深咖啡色的包廂內，柔軟的地墊鋪在每一塊瓷磚之上，踩上去的時候，只會感覺到每一次的皮鞋足音，都被地毯如實吸附，然後消弭於無形，就像眼前的場合，很多事情在幾杯酒之間，就重新置換，或者消失。

熊維平穿著高級絲質襯衫，打著合適的領帶與袖扣，他話說得很少，多數時間是聆聽，然後斟酒，還有叫喚服務生上菜跟更換碗盤。

他與其說是參加這場酒會，不如說是在旁服侍餐桌上的人。他身旁坐著分局長，兩人之間的距離比其他賓客之間略近一點，顯示兩人的關係也親近一些。分局長更在飯局中，偶爾稱讚他，向大家再次強調熊維平年輕有為。

熊維平很清楚這是什麼意思。

分局長不會永遠只是分局長，但他要高升，就必須培養自己的派系跟人馬，有些刑警無根無底，適合拚搏；有些刑警身上流著警界的血，總是得賣一點人情。

後者，就比如他。他是警察大學畢業，他的父親也是刑警……

「維平，喝一點吧？整個晚上都看你只沾茶！這裡茶好，但沒酒好啊！」

熊維平被某個長官點名，他反射性地笑，舉起杯子，「報告長官，我對酒精過敏，我也很想喝，但一喝就進急診室，連吹都不用吹！」

「吹什麼？女人才要吹！」長官隨口講黃色笑話，引來其他人的笑聲，熊維平也笑，只是臉部肌肉僵硬，他知道分局長的用意，但他沒有自己想像中的能應付這種場合，他只能很捧場的把茶喝乾。

「你們不要看他這樣。當年他爸一個人，可是可以喝倒你們這一桌老人啊！」分局長又再次提起來。「你們欺負他兒子，小心晚上他找你們算帳！」

熊維平笑笑。「不會的，我爸他老人家已經去享福了。」

「就是啊！」

「李老，你別亂講！」

其他老人們又笑著喝酒。

熊維平找來服務生加瓶，還惦記著面紙跟毛巾，他把這些老人們服侍得服服貼貼，幾個長官看他的眼神都很滿意。

「下一步，想調哪個單位？」其中一個長官問。問的是熊維平的事情，但眼睛看的是分局長。

「哎！你別搶，維平是我的人，才剛來不久，我打算讓他磨一磨，你們眼珠子都別緊盯著啊！」

分局長拍拍熊維平的手背，警政體系從上到下，密不可分。誰都想讓自己的人馬卡在好位置上，分局長很快就要升到下一個位置，得留一點心腹在局裡。

「你就吹牛吧，人家維平他爸要是還在，還有你說話的餘地？」一名長官毫不客氣。「他爸當年是警界熊哥，說的話黑白兩道都要給面子，就是早走一點，這孩子才輪得到你指手畫腳！」

這個長官跟熊維平的父親彷彿很熟，對分局長的舉動沒好氣地批評一通。

「是是是，熊哥的孩子，我們都得當自己的孩子。來，這杯乾掉！」

分局長沒接那名長官有點火氣的話尾，他心裡比誰都清楚，也就是熊維平自己成材，現在看起來一表人才，警校高分畢業，前途一片光明，不然這些年，這幾個老不死的，誰伸出援手幫忙過？

但分局長這杯舉起來，其他人也都應聲。

熊哥的孩子，大家都得當自己的孩子。

這句話算是在推杯換盞中定下來了。

熊維平心裡有說不出的厭惡。他在警校一向獨來獨往，很少參與交際應酬，會選擇刑警這份工作，不能說他有什麼偉大抱負，但心裡也有不想熄滅的火。

可是他現在做的事，是拿著分局長事先塞給他的信用卡，出去把帳結掉，壓根跟什麼抱負無關。外頭各家長官的私家車都來了，他一一送上車，貼心地交代司機，「開慢點，長官喝多，小心顛簸讓長官暈車。」

他最後把分局長扶進自己車內，安靜的開車。

分局長在後座，整個路途，一直都沒說什麼話，熊維平從後照鏡裡偷看，分局長閉上眼睛，似乎已經睡著。

但他收回視線時，分局長的聲音又響起來。

「那個媒體說什麼自願死者的案子，有點蹊蹺，你跟周行一組，你就好好查。不要把我的話當耳邊風，你得從基層幹起，沒有一點功勞在身上，我怎麼把你當成自己人栽培？」

「是。」

熊維平沒有頂嘴，甚至沒說自己討厭周行。他知道分局長的意思，到結案的時候會讓周行把破案的功勞都讓給他。

分局長很寬容周行，任周行在局內隨意打混摸魚，但周行是扶不上牆的爛泥，腦子裡還有石頭，這句話分局長前些日子喝醉時，說過幾次。

車很快開到分局長家，熊維平恭恭敬敬的把分局長送到他夫人手上，婉拒對方讓自己進去喝杯熱茶的邀請，只說順路送局長一程而已。

熊維平回到車裡，準備開回家，眼角餘光看到後座有一支手機。是分局長的手機，上頭還掛著一個曾說是小女兒送的護身符。

熊維平皺起眉頭，但他的手比他的思緒還要快反應過來，他拿起手機，翻出分局長的通訊錄，輸入一個名字：吳清水。果然很快地找到這個人的電話跟地址，他知道分局長把所有資料都整理得很清楚。他拿起筆，正準備抄下來時，車窗響起敲擊聲。

熊維平轉頭，車窗外是看見他踰矩，卻面不改色的分局長。他降下車窗，分局長朝他伸出手。他連關掉畫面的時間都沒有，就把手機遞交出去。

分局長轉身要回屋內，就在熊維平忐忑不安，暗自希望這件事能就這樣揭過去時，分局長捏著手機，叫了一聲他的名字。

「維平啊。我是有心想提拔你，但——有些事情，過去就過去吧。」

熊維平沉默。

「明天起，你跟周行好好查案子，別再讓我看到他單幹。你有什麼心思，都給我放在這樁案子上，再讓我看到你做一些無關的事，別怪我不客氣。」

分局長轉頭走進屋內，把熊維平留在滿是霧氣的夜色裡，熊維平沒關窗，窗外的溼氣竄進來，如同十年前，他被母親從被窩裡叫喚起來，到殯儀館認屍的那一個晚上。

他永遠都記得，熊凱山當時躺在屍檢台上，睜大眼睛看著天花板的樣子。

熊凱山，是他爸，更是當年警界威震一方的刑警，黑白兩道關係都很好，很多大案都在他手裡完結，但卻英年早逝，四十五歲時就死亡。

死於酒後駕車，自撞行道樹而死。

熊維平一直不相信熊凱山的死因會如此單純。熊維平用盡力氣考進警察學校，來到父親曾經共事的同僚底下做事，就是為了查出當年到底發生什麼事情。他在分局長手機上查詢的那名刑警，吳清水，就是父親當年的搭檔，現在已經退休，熊維平一直找不到他現今的住址。

剛一瞬間，他原先以為他終於找到對方的蹤影，卻又失之交臂，他只是略微瞥一眼，還來不及背下整個地址跟門牌號碼。

他看著分局長的家，握緊拳頭。

他不會放棄的，這是他之所以在這的原因。

※※※

隔天一早，周行多出一條小尾巴。

周行進警局的時候，熊維平已經站在他座位的旁邊，衣裝筆挺，還端著一杯咖啡——只有一杯，而且正在喝——不是給周行的。

「你幹麼？」周行把外套往椅背上扔，桌上好幾個行政作業的公文，他看也不看的胡亂簽一通。

熊維平的眼神露出一點責怪，但很快又收斂下去。他不是周行的媽，也不是來吵架的。「分局長說我們兩個不要陽奉陰違，要一起查林靜的案子。」

熊維平說完這些，現在住院的小隊長馬競連又剛好打電話進來，周行才剛一接通，就後悔的想掐死幾秒前的自己。

話筒裡馬競連對著他的耳邊大吼大叫，要他別老是把熊維平拋開！說好要他帶著熊維平學點東西，現在周行倒好，自己一個人蠻幹就算了，這樁案子查到現在還沒有個結果，外面的媒體都已經快把分局長煩死！

周行跟熊維平最好放下心結，有什麼線索都趕緊挖出來！

「知道知道，您老人家都住院了，別吼得這麼大聲。注意身體。」

「我傷的是腳又不是我的喉嚨！」馬競連的音量又調高兩階。

「我擔心的是隔壁房的病患。」

「你這傢伙！存心想氣死我！」

「好好好，我這就帶他去查案，不是都說警察是人民的保姆嗎？我今天就當一回保姆！」

周行趕緊掛斷電話，心有餘悸的把手機扔遠一點，接著他由上而下，又由下而上的打量兩遍熊維平，打量到熊維平幾乎快炸毛的時候，才拿起桌上昨夜泡的茶。啊……隔夜茶好苦。

分局長跟小隊長明知道他跟熊維平不合，還偏要他們一起查案，周行心理無奈，但他沒發什麼脾氣，反正對他來說，有沒有熊維平的協助都沒關係，他只是行事照辦，又不是撒尿占地盤搶案子。

而且，看熊維平這樣子，跟他們就不是同一個工廠模子打印出來的。人家以後可是要高升，成為分局長的心腹。周行看得很清楚，他還想安逸地繼續過下去，就沒必要跟熊維平對著幹。

「走吧！今天要去查嫌犯工作的地方。」但周行出乎意料的好說話，反而讓熊維平愣住。

直到熊維平坐上周行的車，他與周行無話可說，他乾脆翻開林靜的資料，事實上整樁案件的細節他已經倒背如流，從一開始分局長讓他一起跟周行查這樁案子開始，他就把每一個細節都記起來了，包括周行這幾天查到之後，上報給分局長的消息。只是周行不喜歡他，他也很清楚，不想自己主動到周行面前，惹人討厭。

「你——覺得這個案子裡，到底誰在說謊？」熊維平忽然開口，詢問周行的想法。

「不知道。」周行搖頭。「目前證據看起來，林靜對外宣稱的恐怖情人，很有可能是柯子建，而這符合多數凶殺案的要素，金錢糾紛或者感情糾葛。」

「那柯子建的謊言就跟一張衛生紙一樣脆弱。」

「可是他如果真是同性戀，這個所謂的恐怖情侶關係，就存在著最大的疑點。」

「嗯……」

車廂內又安靜下來。

周行有點氣悶，他無所謂熊維平跟他一起出來查案，但他還是不習慣這種正經八百的風格，他習慣獨來獨往，馬競連交代他什麼，他就去做。偶爾有大案子，馬競連才會呼叫後援，全員出動逮人或者攻堅，而非這種像搭檔般的親密。

他從以前就習慣自己蠻幹，但也是因為這樣，或許他才會跨過那條線。想到這裡，周行心裡一刺，為了排解這種悶痛，他把車窗搖下來，點根菸。

但他的行為讓熊維平又忍耐不了。「拜託，你知道開車抽菸是違法的吧？我現在就可以開你罰單。」

「別這樣。幹這行的誰沒一點壓力，抽個菸算什麼？」

周行不以為意，隨手抖掉菸灰之後，還戲謔地把煙霧吐在熊維平臉上，一瞬間車內充斥著菸味。

「你！」

熊維平氣得握緊拳頭，看到周行丟在車窗前擋風玻璃的皮夾，直接拿過來，抽出裡面的身分證，開始寫違規單。他還特別在單子上面寫上，屢勸不聽，加重罰款。

周行簡直被氣笑。「你瘋啦？」

「不要拿工作壓力當藉口，你是警察，更應該做好表率，不應該知法犯法！」熊維平義正嚴詞。

周行臉色也垮下來。

「你有病啊！你懂不懂什麼叫模糊地帶、權宜之計？」周行他簡直第一次遇到這種人，警察查案，常常遊走灰色邊緣，上頭這幾年說要整治警界，就是招來一堆這種恨不得能對著所有不法之徒狂吠的蠢狗嗎？

「嘖！真想知道你以前是怎麼長大的？」周行嘖一聲，懶得跟熊維平爭，熊維平愛開去開，不就幾百塊錢的事情而已嗎？但沒想到周行無心的一句話，挑起熊維平的神經。

「至少不是靠你們這些廢物警察長大的！」熊維平幾乎咬牙切齒，下筆之用力，直接劃破手上的違規單。

周行皺眉，敏銳地察覺，這傢伙不太對勁。

熊維平外表看起來一表人才，一副明日警界之星冉冉上升的樣子，但性子卻很極端，如果分局長真的想培養自己的人馬，這傢伙似乎不適合。分局長到底在想什麼？抑或是分局長也不知道這點？

就十幾公里的路程，兩人之間卻鬧得更僵。接下來的時間，兩人再也沒說過話，好在柯子建任職的游泳池不算太遠，不用開個大半天，不然周行覺得自己可能會被熊維平悶死。

他們遠遠的就看見游泳池的招牌：夏色水上健身會館。

這裡跟他們想的不太一樣，柯子建任職的地方，不是一般的社區游泳池，而是嶄新又巨大的水上健身會館，建築物樓高三層樓，入口足足有好幾間店面那麼大，踩著階梯走上去時，還可以看到門口旁的商品區，好幾個店員忙碌的接待客人，讓大家試穿泳衣。

商品區店內規模挺大，不比一間百貨公司的專櫃小，裝潢漂亮，商品走道寬敞整齊。架上掛著的泳衣也挺多是賣樣式而不是實用為主。

商品區旁的泳池服務台，比起高級豪宅的一樓櫃台，更是毫不遜色。櫃台後方的大理石牆面，清楚地寫著會員制健身會館，這裡只接待會員 VIP。

周行跟熊維平互看一眼。都看出這地方非富即貴。

這種地方沒辦個會員，還真難混進去，弄個不好，說不定會被當成偷窺狂捉起來，周行乾脆率先走向櫃台，出示自己的警證，表示自己想找幾位柯子建的同事，問一些他在這裡工作的狀況。

聽聞警察來訪，櫃台人員臉上的神情，與其說是慌張，不如說是看好戲，很快地打內線進去，叫出幾位救生員。

周行與熊維平只等了一會兒就看見幾名健美的男人走出來。他們只穿著泳褲，露出上半身的胸肌。

「警官你好，叫我小七就可以了。」

一名身材精壯、修長的男人，穿著泳褲，很快地跟周行握手，熊維平很自覺地退後一步，讓周行主導這次的問話，他則拿出筆記本跟錄音筆來記錄。

周行握緊對方的手掌，「你好。你們都是柯子建的同事嗎？」

「是的。」小七率先點頭。「我是救生組的組長。子建是我這組的救生員。我負責安排他們的班表跟調度。」

「柯子建的工作內容大概是什麼？」

「測試水質、溫度，注意泳池狀況、偶爾包紮、打掃……」

「平常輪班時，一次幾個人？」周行從入口處眺望裡頭的泳池。「這麼大的一個館，你們怎麼輪班？」

「一個泳池兩個救生員，左側跟右側各一，SPA區跟頂樓露天泳池會再增加巡邏人員。早晚各一班，柯子建多數是早班，他下班後還會下去游一陣子。算是員工福利，不用錢。」

「他平常跟客人關係如何？」

周行看著小七問出這句，卻忽然轉頭，盯著旁邊較清秀的男生，「你叫什麼名字，你可以回答我的問題嗎？」他的問話精準，沒有多餘廢話，眼神如鷹隼般銳利，被他盯著的男生，不由自主地就被驅使著點頭。

「好、好啊！」

「你叫什麼名字？柯子建跟客人關係如何？」周行又再問了一次。

「我叫陳方，他跟客人的關係……還蠻好的，小朋友都很喜歡他。」

「小朋友？」周行疑惑地反問。這裡是高級水上俱樂部，他剛剛看過門口的簡章，年費會員制，不接受單次入場，這裡會有很多小孩？

「陳方！」小七忽然輕喊一聲，但被周行的眼神掃過，只好閉上嘴。

「小七，你有什麼想說的嗎？」

「沒、沒有……」

「很好，回到剛剛的話題，周行跟年幼的客人關係很好嗎？」周行再次反問。提醒對方把剛剛沒說完的話講完。

「是、是啊。這裡假日也是會有小孩來玩，大家都很喜歡他。」對方的眼神不斷看向組長小七。

小七連忙開口。「對啊，子建人很好，雖然話少，但做事情勤懇又沒有怨言，在這裡兩年，一直沒出過什麼差錯。」

看他們這麼戒備的樣子，周行有點厭煩，直接拿出手機，按出林靜的照片。「你們見過這個女人嗎？」

「這不就是那個死者……」幾個救生員明顯地出現不適的表情。原因無他，周行手機螢幕上，顯示的是林靜躺在冰櫃裡的照片。

周行冷哼，這算是對他們遮遮掩掩的舉動，一點無聊的小報復，他又滑過另外一張，是林靜的生活照。

這張照片是半年前，林靜剛好參加一個書店活動，是唸故事書給小朋友聽，舉辦單位因緣際會拍下來放在網路上，後來新聞曝光後，媒體大量引用這張照片。又因為林靜已經沒有血緣親屬，家裡也被清空，警方只好擷取這張照片使用，一併放進這樁案件的檔案內。

周行換了照片，大家看見還活著的林靜，神情才略微放鬆。即使是大男人，也無法對著冰凍且浮腫的屍體照鎮定自若的。

「你們有什麼話快說。柯子建跟小朋友來往有什麼不對勁的地方嗎？」

「也不是這麼說，只是因為柯子建不是正規的游泳教練，不能開課教小朋友游泳，老闆交代我們不准說出來……」

周行翻白眼。

「再隱匿案情，就把你們通通帶回警局偵訊。你們有誰曾經見過死者嗎？」

這張照片似乎喚起救生員們的記憶，大家面面相覷，最後由小七開口。「我們有見過。」

「嗯?什麼時候,什麼地點,在哪裡?」

小七回答,「就在這裡,應該是她……死前一周,她來這裡等柯子建下班,說她是林小姐,因為那時候柯子建已經下班,要去換衣服。我們沒有懷疑,就讓她進去員工更衣間等……」

「嗯?那然後呢?」

幾個救生員忽然又說不出話來。

他們騷動,有點不好意思,幾個大男生扭扭捏捏不肯說,最後還是小七代替代替大家向周行回答。

「他們在員工更衣間裡做愛。」

「什麼?」周行猛地抬頭。

「嗯。很大聲,我們都聽到喔!」小七指著其中幾個人,那些人紛紛點頭,其中一個還補充,「柯子建其實跟我們都不太好,有點陰陽怪氣,我們還以為他是甲甲,沒想到他還蠻猛的!」

「對啊!聲音超大聲的,外面走廊都聽得一清二楚。」

甲甲是同性戀的意思。

聽到這的周行皺眉，柯子建的性向連同事都起疑心，但他又跟林靜發生性關係，或許他的性向不如他所說的確切，還有一些游移的空間，也像這個案子的真相，還有一些需要游移的思考。

這個游移的地帶，會不會才是這樁案子最合理的解釋？

他們被很多先入為主的想法束縛，一開始是林靜的病例，後來是柯子建的性向，他們或許得先拋棄這些，跟著證據走，才能找到真相。

周行看向一直在旁邊做紀錄的熊維平，沒想到最後是這傢伙說得沒錯，他們得跟著證據走。

第五章

SECTION 5

周行雙眼泛著血絲，走進警局裡。

他剛從噩夢中醒來，心情惡劣的不知道自己處於現實還是虛幻。他耳內的耳機正播放著 Pink Dream 的歌曲，熱情、活力、懷抱著對世界的夢想與天真，但他今天的心情絲毫沒有被安撫，他的噩夢步步進逼，他能夠阻止自己的次數越來越少，他一遍一遍的看著自己開槍，射殺那張驚惶失措的臉。

漫天的雨、漫掌的血，他不是不想振作，但這個噩夢卻隨時隨地糾纏著他，他越像個刑警，噩夢的場景就越深刻，他唯有放逐自己，才能在罪惡感中得到一點喘息。

就像過去的自己一樣，成為警局裡最沒用的廢物。

周行暴躁又沮喪，他很想好好睡個覺，他也知道噩夢與他的心理狀態緊密相關，只要他越努力偵辦案件，就越覺得壓力來襲。

但他真的很想知道真相，這個案子沒有窮凶惡極的歹徒，沒有令人聞之色變的作案手法，有的只是人心與謊言，但所有的案子都是這樣，最核心的就只是人的想法。

他很想知道，躺在冰櫃裡的林靜在想什麼，很想知道柯子建那戒備的眼神底下藏著什麼。

周行走向自己的位置上，打開電腦後輸入密碼。電腦螢幕右下角顯示著時間，還沒過凌晨六點呢！但他毫不意外地抬頭看到，在他對面位置的熊維平，已經啜飲著咖啡，正在一絲不苟的整理文件，還不時的拿起紅筆，將有疑點的地方標示出來。

「早啊。」周行打招呼。

熊維平抬頭看他一眼，又喝口咖啡，連招呼都不打一聲。

周行簡直想掐死這目中無人的小兔崽子，但人家比他來得早，比他走得晚，周行充其量不過就是一個沒什麼用的前輩，人家還沒叫過他一聲學長呢！

周行吶吶地摸著鼻子，例行性的看一眼電腦內警界公告欄，就把熊維平堆過來的文件夾拿起來翻閱。

這兩天，他跟熊維平通力合作，把林靜與柯子建的生活與家庭全爬梳一遍。很巧合，兩個人都接近孤立於世界上的狀態，林靜的父母已經過世，沒有任何有血緣關係的家屬，世上唯一關係最親近的人，可能是她的前夫，但兩人也已經離婚十年，根本沒有聯繫。

她與前夫之間還有一名小孩，跟男方姓，檔案上的名字是簡家杰，當時離婚時，小孩應該才幾個月大，監護權意外地判給男方，而非像一般的判決，子幼從母。

柯子建更離奇，他並非台北人，家住屏東郊區，大學時考上中部的學校，搬出家裡居住，雖然他的父母都還在建在，現在也還住在屏東老家，但當周行與熊維平特地搭車下去探訪時，對方卻很反彈與柯子建扯上關係。

除了柯子建的老母親較為錯愕，打聽柯子建現在被關在哪裡以外，柯子建的父親壓根不願意敘述任何與兒子有關係的事情，他們只肯表示跟柯子建很多年沒有聯絡，幾乎從他上大學開始，就不曾再看過他。

如果按照柯子建父親的原話來說就是——我們現在已經當作沒這個兒子！

但到底多大的仇恨讓父子斷裂至今，對方完全不肯說。

後來周行不想徒勞無功的白跑一趟，乾脆去附近的鄰里家打聽，既然是偏鄉小村落，一定是一戶事百戶知，這種鄉下地方，不比都市，根本沒有秘密。

鄰里起先也不太願意說，是當地的老人知道他們是警察，專程從台北下來查案子，才稍微透露一點，柯子建在高中的時候鬧出一樁大事，跟同校的男孩子在廁所裡親熱，被學校教官抓到，家裡人覺得很丟臉，差點把他趕出去。

這個原因，周行也能接受，很多人出櫃的時候，都與家裡吵得天翻地覆，甚至恩斷義絕，當時柯子建才高中，被迫用這種方式向家裡坦承，肯定不好過。

從屏東回來之後的周行跟熊維平，繼續一路爬梳柯子建的學經歷。

柯子建念的是文組，還算不錯的大學，因為他有救生員的執照，因此大學暑假時找到一份打工，在學校附近的一間小學，做游泳池救生員的工作。

大學時有打工不離奇，比較奇怪的是，這份救生員工作，他竟然就一直做到現在，即使北上到高級水上健身會館，也是做救生員的工作。

根據勞保記錄，他竟然從未做過任何其他領域的工作。

說不上特別不對勁，但也是蠻稀奇的事情。

他這麼熱愛游泳嗎？怎麼不成為游泳選手呢？

說起來林靜與柯子建都有工作，都像一株樹一樣附著在世界上，但卻都活得像木棉，枝幹消瘦，看起來有花，但隨風凋落，底下根淺，風吹就倒。

他們沒有親近的朋友，沒有器重的上司。

活著像樹，死後大抵也像一棵乾枯的樹，沉默地消亡。

周行翻完這些調查資料，伸手向熊維平一攤，熊維平把另外一疊資料遞給他，兩人之間的氣氛從上次開車那次之後，就變得相敬如賓，但還算是和平相處。

而且周行公道地說，熊維平倒是個不錯的刑警，耐得住性子，可以徹夜坐在這裡看一些無關緊要的文件，尋找毫無頭緒的線索，已經比很多年輕刑警要來得沉得住氣。

很多年輕刑警剛進來，都以為這是一份熱血衝鋒的工作，殊不知，查案查案，為什麼叫做查，就是因為有時候根本不知道方向，沒有頭緒，一條線索斷掉就換另外一條，得把所有的路都走過一遍，才能知道下一步。

犯人不總是狡詐，甚至多數是衝動犯案，會留下很多證據，但有些懸案，如果沒有夠好的運氣，夠多的耐性，恐怕就只能石沉大海，永遠無法得知真相。

熊維平沒對這些繁瑣的文書工作表現出不耐煩，周行也因此對他態度好上一些，他們這兩天挑燈夜戰，整理林靜跟柯子建的生平。

「這些帳單你都看過嗎？」

周行翻開，厚厚一疊，柯子建有使用信用卡的習慣，包含行動支付小額付款，偶爾還打手機遊戲，也是刷卡付費。

因此周行向銀行調出柯子建這幾個月的消費帳單，即使柯子建單身，沒什麼特殊大筆支出的休閒愛好，全部印出來也是一大疊。

「他的生活很規律，基本上從手機付款的軌跡，就可以看得出來他工作跟家裡兩點一線。每個月有一筆比較大的消費，是在青氛健身房。」

「嗯，我知道那裡。之前去臨檢過。一間同性戀三溫暖。」

周行轉著筆，他已經把柯子建所自述的同性戀身分擱置一旁，時代與時俱進，多元性別的概念已經普及，即使他再落伍也知道，性向有多種可能，柯子建可能是同性戀，但不一定不能跟女人交往，更別說他選擇什麼性別做為自身解決性慾的對象。

周行按壓自己的太陽穴，感覺他的大腦都脹痛起來。他是一個純粹的異性戀，那個世界是他無法想像的，但這不妨礙他查案，只是他得摹擬柯子建的想法，才知道自己接下來要怎麼做。

柯子建與林靜之間是愛，還是別的東西呢？

林靜比柯子建大九歲，不太是一般尋常男性會選擇的交往對象，但戀愛有千萬種方式，如果柯子建戀母呢？

周行感覺到自己的大腦越來越脹痛。直到熊維平打斷他的思考。

熊維平翻著帳單，「這幾個月來，柯子建購買很多像是禮物的東西。」

「像是禮物？你怎麼知道他是要送人的？」

「外套、連身裙、圍巾、馬靴、運動鞋，他買了不少。我排查過，都是知名的百貨公司專櫃，而且全是女性用品，總不會是他自己要用吧？我們清查過他家，他沒有變裝癖好。」

「說不定純欣賞。欣賞完就燒掉，化成灰後衝到馬桶裡，我們當然什麼都找不到，得把化糞池挖出來，一坨一坨的交給鑑識小隊檢驗。」

周行知道自己只是挑刺，說混帳話而已。熊維平這兩天已經知道他的習性，因此也不理他。

「我已經跟廠商聯絡，他們晚點會送一份一模一樣的樣品過來。」

「那柯子建買這些是要送給林靜嗎？但林靜家裡已經完全清空，鑑識小隊也去過好幾次，要是在她那，我們早就找到了，難道也沖進化糞池？」

周行百無聊賴地靠在椅背上，不知道為什麼，他就是對惹熊維平生氣這點樂此不疲。

「傍晚我讓鑑識小隊去化糞池看看。」

「還是算了，他們隊長會把我殺掉埋進花盆裡。」

熊維平抬頭看周行一眼，實在懶得搭理他，但他現在手上找到一條新線索，得讓周行知道。

「我今天拿到柯子建打工地方的監視器，有幾個畫面證據應該可以證實，他們最晚是三個月前認識的。」熊維平打開他面前的筆記型電腦。「這是夏色水上健身會館提供給我們的入口處影帶，林靜去找過柯子建幾次，最近一次距離今天有八十六天。」

周行看著影片，根據健身會館的說法，因為林靜每次去找柯子建，都是直接到員工更衣間等他，所以只有門口的監視器拍到她而已。

「你看這一段，他們一起走出來。柯子建已經換好便服，大概是剛下班。」

「所以那些救生員講的是實話。」

「還有ＩＯＢＱ提供的店內監視器影片。」熊維平切換下一段檔案。

「那頭熊肯給你監視器錄影帶？」周行吹口哨。

「雷光老闆人不錯。」熊維平沒好氣的看周行。「我後來又去過幾次，他還招待我吃飯。他挺喜歡那本《家裡的小秘密》的，常跟我聊。」

「那這條線就交給你！」周行瞄一眼熊維平的桌面，旁邊角落處放著一本厚厚的《家裡的小秘密》。「我可能沒看幾頁就會睡著。」他老實地說。

熊維平懶得理周行——他本來就沒指望周行，他放下螢幕上的播放鍵，「這是他們讀書會前，林靜與柯子建在樓下用餐的畫面，沒有聲音，但他們不時靠近，低聲交談。他們可能真的很親近。」

「柯子建這傢伙，說什麼兩人根本不熟……」

饒是辦案經驗豐富的周行，也不免為了自己被欺騙而惱怒。他相信過柯子建，相信過對方的眼神，他知道柯子建對他還有戒備，但柯子建向他求助的時候，他是真的以為自己能找到讓柯子建平反的證據。

「但我們還需要更決定性的證據。證明林靜並沒有委託柯子建，並沒有請求讓柯子建協助她結束生命。畢竟現場沒有林靜掙扎的跡象，他們即使是戀人關係，也不能以此完全反駁柯子建的說詞。」

周行的大腦飛快地動起來。他們得找出更決定性的證據，但這樣的東西會落在那裡呢？林靜有沒有跟友人透露出更多的消息？

柯子建到底還有什麼秘密沒告訴他們？周行思索的時候，手機忽然發出聲音，跳出一個行事曆的活動通知。周行看一眼立刻慘呼。

「我竟然完全忘記這件事，我待會有一個校園毒品濫用防制宣導。但我跟小隊長約了中午，你晚點代替我去醫院，跟他報告案情進展可以嗎？」

周行打呵欠，連日的失眠讓他精神渙散，既然熊維平一表人才，那就去應付更好的人才吧。

熊維平對周行的決定沒提出反駁，只略一點頭，表示自己有聽到。

※※※

周行的車子開走了。

熊維平從窗子邊看著他遠去，轉過頭來看著周行的電腦，上頭的螢幕停留在警界公佈欄上。上頭全是一些無聊的消息，什麼掃毒夏季專案、青少年重點盤查場所、警界內部升遷祝賀公告……

這些資訊，熊維平也看得到。

但這整個系統裡面，有一些檔案他是沒有權限觀看的——關於他父親的檔案，分局長說是為了保護他，希望他不要執著於當年的案件。分局長將那些檔案上鎖，無論熊維平怎麼查，都只有一次次的系統警告——您沒有權限查閱。

但周行比他入行早，他的權限應當可以查閱這些資料。

他忍不住這個誘惑，左右張望。時間還早，辦公室裡幾乎沒有人。熊維平忍不住誘惑，他移動滑鼠，使用周行的系統，在鍵盤上輸入熊凱山的名字，這次他後綴上屍檢報告四個字。

很快地，父親的驗屍狀況跟當天的紀錄全都在他面前，熊維平一目十行的閱覽著，這份資料，跟警方後來交給他們的相差不多，熊凱山的體內酒精含量高達一點九，完全超標。

熊凱山駕車自撞行道樹，因為沒繫安全帶，行道樹的樹幹直接撞碎擋風玻璃，玻璃插進動脈，熊凱山當場死亡，停止心跳呼吸。

熊維平的父親熊凱山也是刑警，還是火裡來、水裡去的那一種刑警，熊凱山一個禮拜有五天能夠清醒，就已經實屬難能可貴，更別說他通常是連剩下那兩天都爛醉如泥。

熊凱山這輩子沒做過別的工作，唯一會的就是抓犯人，他查過跨國毒品走私案，也在山裡埋伏過半個月，就為了逮一個殺害人質的綁匪，但他酒品極為差勁，在外面看起來神色如常，但回到家裡就會大吼大叫，摔爛他所能看到的一切家庭用品。

可是這樣被外界稱為熊哥，被熊維平痛恨一輩子的父親。

有一天是滴酒不沾的。

那一天，是熊凱山母親的忌日，也就是熊維平的奶奶過世的日子。

可是父親酒駕，自撞路樹而死的那一天。就是熊維平奶奶逝世二十周年。年幼的熊維平還記得熊凱山特地早起，從衣櫃裡扒出一件還算整齊的襯衫，帶上自己一年拿到的所有動章跟獎狀，然後開車出去祭拜母親。

熊凱山對母親有一種極度的依戀。

但年幼的熊維平，當晚再次見到父親時，已經在酷寒的停屍間裡。

熊維平對這件事情一直有著懷疑，他曾經想與他的母親討論，但他的母親卻閉口不言，從未回答他的疑問。甚至只要熊維平一開口，就裝聾做啞，彷彿她一直聽不見兒子的疑惑。

因此熊維平會當上警察，甚至選擇刑警，追根究柢的原因與動機，就是因為父親的案子，他是追尋著這個疑惑而來的，他從警校畢業，就立刻開始追查這件事情。

他從周行的電腦裡，終於找到吳清水現在的住址，還把父親當時正在偵查的幾個案子都轉寄到自己的信箱內，他做完這一切，才不疾不徐的關上整個資料庫。

牆上的電子時鐘發出清脆的提示音，早上七點。

很快地大家就會來上班，而在向小隊長報告之前，他有一整個上午的時間。

他有一件事情已經等了太多年，他不想再等下去了。

熊維平帶著從資料庫上抄下的吳清水家的通訊地址，來到一個小型社區。這個社區在市區，交通不錯，地段也好，算是房價挺高的透天住宅社區型建案，一些店家就開在透天住宅的一樓，生活機能挺好的。

看來吳清水退休生活過得不錯，但一名警察的退休金可沒這麼多，熊維平總覺得事有蹊蹺，但又擔心自己跟鄰人偷斧一樣，現在看什麼都像看罪犯。

熊維平走進去，繞過中庭的公園，以及幾間悠閒的咖啡館跟早午餐店。他走到他想找的大門，終於按下門鈴。

來應門的是一名老婦人，差不多六十幾歲。

熊維平直截了當的表明自己要找吳清水。對方有點納悶，但身為警察眷屬，也大約有些直覺，知道熊維平應是警界後輩，她點點頭，讓開玄關的位置。

「你先在沙發坐一下。我去跟吳老師說。」

偶爾會有警界後輩來拜訪吳清水，言出必稱老師與師母，吳清水的太太，很習慣的把熊維平當成是來請教吳清水過去案情的學生。雖然丈夫剛退休的時候對後輩來找這件事忌諱莫深，他們幾乎隱居好幾年，但這些年丈夫似乎放下芥蒂了，在一些退休同事的牽線下，又開始與警界來往。

吳清水的太太把熊維平的來訪當作日常，並沒放在心上。

但吳清水走下二樓階梯時，一看見熊維平，他那曾經握過槍的手，明顯的劇烈顫抖起來，只是他特意背在身後，不讓熊維平察覺。

「你找我有什麼事情嗎？」

熊維平看著對方，吳清水已然年邁衰老，與當年跟自己父親一起意氣風發的樣子截然不同，但這一照面，他的記憶裡仍然有些東西躍然眼前。

眼前這個吳伯伯，當年曾經在他家走動。

熊凱山死的時候，熊維平才十五歲，正要上高中，因為被家暴的緣故，又歷經喪父，他的很多記憶錯亂又複雜，他只知道有個吳伯伯是父親的好友，卻不知道就是他來負責父親的案子。

「吳伯伯。我是熊凱山的兒子。」熊維平單刀直入，沒打算繞什麼圈子。「我想知道，當年我父親的死因，到底是什麼？你應該也很清楚，他的酒量一向不錯。」

熊維平沒說在奶奶忌日的時候，父親一向滴酒不沾。

這是他的底牌，他還不想掀開。

「小平啊。有時候人生就是充滿著意外。」吳清水笑笑，臉色有些僵硬，他率先坐下，招呼熊維平也一起坐。「坐吧。伯伯也好久沒看到你，怎麼啦？這是當上警察了？有沒有讓你爸的好友們好好照顧你，我是已經退休，幫不上忙啦……」

「我今天來不是要寒暄，是想問個清楚。」

吳清水皺眉。「你問什麼，當年你父親的案子已經簽結，沒任何疑點，警方的驗屍報告也寫得很清楚。」吳清水的態度轉硬。

「我不信。」

「你不信也沒辦法。」

吳清水起身，擺出送客的姿態。

「我不是什麼都不知道，就來找你。」

「那你又知道什麼？」吳清水冷哼。

「我爸那時候負責的三個案子，後續都由你來接手。其中一個強姦應召女致死的重大刑案，為什麼嫌犯無罪釋放？我記得警方已經找到足夠起訴他的罪證。」

吳清水深深地、深深地，皺起眉來。

「是誰告訴你這些的？」

「我現在是警察，這些資料我都能檢閱。」

「我們並沒有找到足夠起訴的罪證。」

「你說謊。」熊維平冷冷地開口，「當年我爸有一個壞習慣，他會把警局資料放在車上，我在他車上翻到那樁案子的照片。酒店監視器不是有拍到嗎？嫌犯拖著應召女屍體的畫面。」

「電梯監視器沒有拍到這個！」

「我說的不是電梯。是頂樓天台外的那一支。」

吳清水的臉瞬間變得慘白。「你沒有證據。」

「我有。」熊維平眼神直視著吳清水。這一瞬間，他過往的努力彷彿都即將化成灰燼，吳清水雖然退休，卻仍在警界有著舉重若輕的地位，直到現在，都還在指導著警校學生。自己現在對他的指控，只會讓自己的前途崩裂，再也無法前進一步。

但那又怎麼樣呢？

他要的一直都不是跟局長在酒桌上推杯換盞的機會。

而是這種時候，讓他埋藏在心底十幾年的疑惑跟痛苦，破土而出，以免這些疑問跟黑暗把自己吞噬。

熊凱山是個很糟糕的父親。

他只要喝醉，就會大聲咆哮，指責其他家人的不是，甚至酒意上來，還會家暴妻子跟兒子，也是因為這樣，熊維平很小的時候，就學會拿走父親的汽車鑰匙躲到地下室的車裡睡覺。

只要拿到鑰匙，他就能獲得一夜安穩。

但地下室很黑，他又怕被警衛發現，根本睡不著，他一開始會帶音樂下去聽，後來他在父親車上發現這些案件卷宗，他如著迷般掉進去，他不怕血肉模糊的屍體，不怕光怪陸離的殺人方式，他慢慢期待，等待父親每日的進展，最後把真相帶回家。

那是他唯一認為，熊凱山是他父親的時候。

現在回想起來，也或許是他胸中正義感的啟蒙原點。

但當母親又被父親打到住院的時候，那也是他報復父親最快的方式，他把整袋卷宗都偷走，包含現場照片跟監視器影帶，還有應召女的個人資料。

只是他當年的報復，並沒有成功，隔天，他的父親就死了，而這讓他在父親死後，在無數的夜間裡醒來，繼續打開警校的書本，繼續在學校操場一遍一遍地跑。

「我有證據——當年的那些檔案，現在都在我這裡。」

熊維平絲毫無懼，他終於走到這裡。

無所畏懼，無所匹敵，他可以放棄一切，只要真相。

「請你告訴我，我爸到底是怎麼死的？」

「……你。」吳清水說不出話來。他揮揮手，讓自己太太上樓去。他抹把臉，發現自己手心全是汗。「你真的想知道真相？小平，事實往往比你想的要更殘酷。我們不告訴你，是為了保護你，你真的想將自己置於危險之中嗎？」

「那些檔案我備份在十個位置。」熊維平絲毫沒有退讓。「如果我真的遇害，會有人幫我送出去的。為什麼你們最後沒辦那樁案件？」

「好、好、好！」吳清水氣極反笑。「你要是不怕知道反而後悔，我又有什麼好替你擔心。當年姦殺應召女的嫌疑犯，的確我們已經找到關鍵證據，但對方的父親開價一億，要封我們的嘴。」

「一億？」

「我跟你父親是搭檔，各拿五千萬。警界上頭跟檢方也都可以收錢，對方已經打點好一切，剛好你父親又出差錯，監視器影帶失蹤——原來是被你拿走——我們就順勢收錢，閉嘴。」

「我父親是怎麼死的？」

「他啊。太貪心。」吳清水冷笑。「交錢的那天晚上，我們在對方豪宅裡大吃大喝一頓，最後一人分五千萬現金，就拿牛皮紙袋裝起來的，張張全新現鈔，還不連號。我們拿錢，本該就此走人，但你爸酒意上頭，忽然獅子大開口，說他要一棟像那天聚會一樣的豪宅，否則不肯罷休。」

「我爸想要更多？」

熊維平能感覺到心裡某樣東西正在碎裂。

「是啊。他不甘心。說警察根本不是人幹的，錢少事情多。腦袋隨時拽在褲檔邊上。他趁此機會，要跟對方大詐一筆，但對方不是什麼可以任你父親搓圓搓扁的對象。」

「他們殺了我爸？」

「沒有人殺了你爸。」吳清水終於解開熊維平這麼多年的疑惑。「你爸拿不到想要的，就氣沖沖的開車離開，他們的保鑣開車追出去，結果快到山下的時候，你爸的車忽然失控打滑，自己撞上一顆老榕樹，車頭全毀。」

「他們做了什麼？」

「什麼都沒做，我當時也開車追下去，你爸喝很多，車子在山路就開始飄移，快到山下時，因為一個大彎道就打滑出事！」

「你當時在場？」

「不要這樣看我。你爸當場死亡。我手從擋風玻璃伸進去，測他脈搏，十分鐘，一下都沒跳！我還幫他叫救護車。」

「我要去告發你！」熊維平握緊拳頭。真相的確不堪，但需要公諸於世。

他轉身就走，分不清楚自己激動的心跳是因為生氣還是憤怒，憤怒熊凱山到最後，仍然是一個垃圾警察！收賄還獅子大開口，最後賠上自己的命，讓母親獨自拉拔自己長大。

「你去啊。但那五千萬，你媽有收。」

吳清水的話讓他猛地煞住腳。

「你以為，你們孤兒寡母，怎麼活到現在？你家當時還有債務，你爸在外面偶爾喝酒賭錢，欠得也不算少，人家是看在他還是警察的份上不討，但他過世之後，一毛錢都得還。」

「你說，我媽有收那五千萬？」

熊維平轉身，不敢置信。

「她快被債務逼死的時候，那五千萬，是我當中間人送過去的。對方很慷慨，不跟你爸死前的醉話計較，一知道你爸還有債務，就讓我趕緊送錢過去。小平啊。這一方面是雪中送炭，這一方面也是你媽答應不再追究你父親的死因。」

「這一切，我媽都知道？」

「多少吧。」吳清水看著熊維平。「你想把你媽也牽扯進來嗎？她跟我差不多年紀，她要是進監獄，肯定比我這把老骨頭要不堪得多。」

吳清水疲憊地坐下。

「你要想告發我就去吧。」

※※※

結束校園毒品濫用防制宣導後，周行離開會場，準備回分局。

半路時他停下車，路旁的一間商店，正綁著玩具批發大拍賣的紅布條。外頭還高掛著氣球拱門，員工忙進忙出的拆紙箱跟堆疊展示品，看起來東西齊全，種類繁多。

他恰好要替女兒買禮物，不如就這間吧？剛開幕還可能便宜點。

他邁開腳步走過去，腦海中不斷回想，是佩佩豬還是佩佩貓？他記得前妻李雪京跟他說過，逸萱現在喜歡一種奇怪的生物，還喜歡在泥巴裡打滾，他走到門口，拉住一名員工。

「請問這裡有佩佩貓的商品嗎？」

對方露出狐疑的表情，抓起外頭花車一隻展示的粉紅色動物。「是這個嗎？佩佩豬。」

「喔喔對啊。應該……是吧？」

周行接過粉紅色動物，不斷端詳，說實話他也不是那麼確定，他逛完兩圈，挑選一隻最大隻的佩佩豬玩偶，又購買幾樣小東西，拼圖跟蠟筆——可能以他一個老派父親的心情，還是希望女兒能夠收到比較「有用」的玩具吧！

他結完帳，走出來，店員知道他要送給女兒當生日禮物，很細心的替佩佩豬玩偶打上一個大大的緞帶。

逸萱的生日派對定在三天後，派對地點在李雪京娘家，據說還要烤肉跟限定公主風打扮。

李雪京傳訊息來，指定他要扮成美女與野獸裡的野獸。不過周行不打算搭理對方，他認為在女兒面前，還是要有一個端正的父親形象。頂多穿警察受訓時的制服去吧！

他把禮物盒放回車上，導航設定下一個目的地，柯子建收押的看守所。

但按下導航，他卻遲遲沒有駛離停車格，他能做的都做完，他跟熊維平把柯子建跟林靜的生平與一切生活軌跡都整理完畢，但這樁案子一開始就走向各說各話的境界，如果沒有關鍵證據，恐怕一切都是徒勞無功。

他還能做什麼呢？

他把玩著那隻半人高的佩佩豬。

前陣子跟李雪京分別時，對方所說的話又竄進他耳裡。

或許我跟逸萱已經不需要你，但這世界上，總有人需要你。

周行煩躁的點菸，菸味飄盪在車廂內，他吐出一口菸霧。

他陷入沉思，菸頭的火光逐漸燃燒，炙熱的菸灰掉到他的左手臂上方，周行跳起來，連忙吹開，只有一小截菸灰，沒燙出水泡，但仍然微微發紅，傳來隱隱疼痛。

他看著這個傷口，不由自主地想起柯子建衣襟領口內側的傷痕。那些被人強加上去的醜陋圖案。在那個地方，氣質較為陰柔的柯子建，恐怕很快就會被貼上標籤，成為做弄的對象。

如果柯子建真的還有什麼秘密沒有說出來，那肯定是一個對他很重要的秘密。周行下定決心，發動車後踩下油門，朝著導航指示的路徑前往。

他能做的只有盡人事。

抵達看守所後，周行如常的填寫表格準備把柯子建借提出來，再次詢問相關案情，不過相熟的監所管理員卻告訴周行，柯子建前幾天在放風時跟其他被告起衝突，現在被關在禁閉房，需要一點時間去帶他過來。

周行皺眉，不知道柯子建發生了什麼狀況，還被關到禁閉房裡。

他耐心地等待，期間還傳訊息給李雪京，告訴她，自己已經把禮物買好，當天會準時出席。他心裡想著逸萱的笑臉，迫不急待的想聽見逸萱拆開禮物時的尖叫聲，又一邊想著，怎麼樣才能突破柯子建的心防？

第一次開庭的時間即將開始，以目前手邊的證據來說，恐怕會是一樁為難法官也引起媒體大肆報導的案件。

他的思緒紛飛，總感覺真相就藏在迷霧後方。

此時，他聽見遠處的聲音。

光滑的走廊上傳來皮鞋跟拖鞋前後踏上地面的聲音。

柯子建來了嗎？

周行抬頭，從長廊果然出現柯子建那瘦弱的身影，對方似乎更萎靡一些，右手上綁著繃帶，掛在胸前——骨折？周行判斷著對方行走的姿勢，其他地方應該沒有受傷。

但衣服看不見的地方就沒人知道。

柯子建離周行只有幾步之遙。

周行都想好第一句話，他會說：「這是你最後的機會。」他打算嚇一嚇柯子建。但他沒這樣說，他沒機會說，他的手機響起來。是熊維平打給他的。

熊維平的聲音出乎意料的有些高亢！

「周行，我找到你所謂的關鍵證據！」

熊維平在電話的另一端，開始撥放一段錄音，是林靜跟柯子建的交談。

周行聽完這段錄音，他慢慢起身，看著失去元氣的柯子建，兩人慢慢擦身而過時，柯子建連瞧他一眼都沒有，彷彿已經失去靈魂，縮回自己內在的殼，他完全封閉自己的樣子，令人心驚，也很難相信，他會犯下殺人重罪。

但周行想，他不要再相信這個人了。

第六章

SECTION 6

你現在是什麼意思？

你這個變態！你根本不應該活著，我要立刻報警！

你要背叛我！

這麼噁心的事情誰可以忍受啊！

我要殺了妳！

你敢？

熊維平撥放給周行聽的錄音到此為止。

就這麼一小段，周行不斷地反覆聆聽，確認是柯子建跟林靜的聲音。

熊維平已經把原始檔案送去鑑識科，只要用科學方法比對，確認是兩人的聲音，這份證據就能派上用場。

從這份錄音內，可以聽得出來，柯子建似乎被林靜發現什麼自己不可告人的秘密，兩人引發激烈衝突，兩個人的聲音都很情緒化，開頭似乎沒錄進去，但結尾只餘下林靜尖銳地反問，還有柯子建濃重的喘息聲。

柯子建的秘密已經無關緊要，他殺害林靜的證據就在眼前。這個錄音檔裝在隨身碟裡，今日才由宅配以指定到貨日期的方式，在早上送到飯店，寄件人是林靜，收件人也是林靜。

因為飯店管理處的警衛，一時之間沒有想起林靜已經離職，就跟其他包裹一起簽收，直到轉送到房務部時，大家才發現這是寄給林靜的東西。

林靜在隨身碟裡附上紙條，紙條上的字跡有些雜亂，似乎在情緒很不穩定的狀況下寫著，語句也多有重複，顛三倒四，但大致還是能看懂，分辨出林靜的意思。

因為她要與柯子建談判分手，但又隱約覺得自己可能會被柯子建殺死，因此偷偷錄下柯子建威脅她的證據，希望她如果真的不幸遇害，可以有人替她伸張正義。

數不清聽了幾次錄音之後，周行轉著筆，把整個案子從頭開始梳理，慢慢的回想所有不對勁的地方，他們一開始的思路，完全是依照著柯子建的說詞。

但即使他們拿到遺書，字跡鑑定也很快的給出完全相反的判斷，而追查下去的結果也是如此，柯子建每一次證明自己的證據，都會由林靜生前留下來的紀錄，推測出完全相反的答案。

也是因為如此，周行才會如此頭疼，但如果這一切就是一樁預謀的謀殺，完全是柯子建自己故佈疑陣、故弄玄虛呢？

林靜被皮帶勒死，躺在冰櫃裡，如果警方沒有發現的話，就會沉眠數十年，直到柯子建移居國外，或者柯子建死亡為止。

這是不是一開始就是一個簡單的故事，只是他們被誤導？

他們不斷尋找能支撐柯子建所說論點的證據，但再再都發現事實並非如此。

兩人很可能是交往關係，這點由林靜的通訊紀錄可以核實，兩人的通訊頻率並非只是不熟的朋友。

還有林靜取得安眠藥的管道，跟她的精神科醫生吐露的使用方式，最後是她收到冰櫃時，崩潰地在送貨員返回後不斷哭泣。

這些都可以證明，林靜畏懼著柯子建，並害怕著自己的死期，也因為這樣，她才會事先與同事高梅蓮約定好，如果當天下午四點鐘，她沒有出現的話，就替她報警，多等一分都不行……

就目前的證據看來，這些才是真相。

周行決定要結案了。

他把自己這些推斷，以及蒐集到的相關證據整理好，他一一列印出來，裝訂成冊，準備拿給小隊長，順利的話即可以交給負責的檢察官。他走向分局長室，打算做最後的報告，路經熊維平的位置，他想了想，還是敲敲對方的椅背。

「有什麼事嗎？」

熊維平從忙碌的公文堆裡抬起頭來。

「去分局長室一趟。」

周行簡明扼要，愛來不來，隨便。

還好熊維平很乖覺的起身，跟在周行後面。周行心想這傢伙也沒那麼討人厭，只是可能色盲，認不得黑色跟白色以外的顏色。

他們敲響分局長室的門，很快地報告完這一連串的進展，分局長對案情沒說什麼，只又多交代幾句，這是一個媒體跟各方輿論都很注意的案子，得要小心謹慎處理，尤其是警檢最後仍然以殺人罪起訴，很可能引來外界無端揣測跟聯想。

但他們既然查到這裡，也握有關鍵性證據，那他們只要確定案子到此告一段落，就移送到地檢署，交給檢方處理吧。

「辛苦你們。」分局長欣慰地開口。「尤其是周行，下個月我有幾個案子要讓你處理，你別又推託啦。看這案子你做得多好是不是？局裡還是要有一些鎮得住場面的傢伙……」

周行煩不勝煩，怎麼今天大家都滿嘴廢話？不過他可是很清楚分局長現在想要什麼。

「分局長。自願死者的案子，媒體關注度很高，證據也都是我查到的，那我看這小功就計在我身上啦！」

分局長的臉色立刻黑如鍋底。

「維平還是菜鳥，沒負責過什麼特別的案子。你是大刑警，我們局內的鎮局之寶，你就讓他領這案子的功勞，雖說媒體關注度高，但也不是什麼大案不是嗎？」

周行扯開嘴角，沒什麼笑意。他單手撐在分局長的辦公桌上，手肘旁剛好是分局長的全家福。

「老大啊。我很願意當這個鎮局之寶，但您也知道，現在的學生跟以前不一樣，資訊流通不說，好奇心又特別重，最近很流行什麼大麻蛋糕，分局長我下次給您帶一塊回來。」

「你想說什麼？」分局長氣得磨牙。

「你還是讓我去做毒品防治宣導吧！這工作很重要，不然聽聽詐騙集團的電話也可以啊，很多人在網路買手機結果買到麥香奶茶啊！」

「你……」

「我這不是自甘墮落，我只是把機會讓給年輕人。」

周行摟著熊維平的肩膀，毫不意外的被對方撥掉。

分局長氣得說不出話來，周行又哼起歌，還是他心愛的 Pink Dream 的本月主打歌，他把整疊報告塞到熊維平身前，「我現在去找小隊長報告啦！」

周行自顧自地關上門走掉。

門內，只剩下熊維平跟分局長。

熊維平轉身也想走，反正領不領功，對他來說無所謂。他並不是為了這點才來當警察的。

「維平啊。」

分局長叫住熊維平。

「我知道你去找過清水了。他都退休。你也不要再逼他。」

「分局長也清楚我爸的事情嗎？」熊維平轉身。

「清楚。大家都清楚。不然你以為你能以警校第一名畢業？這都是我們幾個老頭子，還惦記著熊哥恩情的緣故。」

分局長的話讓熊維平恍惚，他一直以為是自己的努力，沒想到卻是別人的同情，這讓他情緒瞬間激動。

「我爸是被他們害死的！要不是他們在山路上追逐，我爸也不會自撞路樹，你們為什麼沒有一個人站出來？」

「警界不是你所想的，非黑即白的世界。」分局長對他搖頭。

「你們扭曲事實！」熊維平低吼。

「這一切都是為了你好。」分局長揮揮手，「這也是你媽的意思。」

聽見分局長這麼說，熊維平再有天大的怒火，都只能硬生生地平息。

但他感覺到這些火根本冷不下，全都燒入他的骨髓。

可是他又能怎麼辦呢？他不能讓母親再面對這些事情啊……

※※※

周行站在人行道上，點一根菸。濕潤的煙草氣味竄進喉間，略帶有苦澀，又有一點燒焦的氣息，他放下手，任憑火光燃燒，他看著遠處一間機車維修店，思緒飄飛。

這間機車維修店是私人經營，不是連鎖的機車展售中心，店面也不大，約莫只能停下三、四台機車。機車行的招牌上寫著宏祥機車行，旁邊外加著幾個小塊招牌，掛上SYM、KIMCO、YAMAHA……

聽說老闆手藝不錯，什麼牌子的機車都能修得好，工錢便宜，不會胡亂開價。鄰近的左鄰右舍都習慣到這裡來修理機車，偶爾換換輪胎、機油、煞車油什麼的，如果家中有老舊的機車要汰換，也會送來給老闆估價，老闆總會給出不錯的價格，童叟無欺。

周行聽說好多事情。他腦海中有一個關於這間機車行背後家庭的輪廓。

但現在機車行鐵門深鎖，外面的柏油地面，隱約可以看到機油的印記，還有幾個廢棄輪胎堆在騎樓柱子旁，這間機車行，已經很久沒營業。

打從老闆的兒子，在毒品交易時被逮，被警察當場射殺的那一天開始，這間機車行，就不曾再開門做生意。

有時候，周行也不免在想，人命的輕重到底該如何分辨？

犯錯的生命，就會逐漸減輕重量，直到輕飄飄的毫無價值，就可以由人類之手來進行制裁嗎？

可是犯錯的程度，與人命的價值，並不是完全相等的，如果以殺人兇手必須償命的法則來看，他是不是應該把自己的命賠上才能讓天秤等重呢？

雖然他身為警察，擁有執法的正當權力，但這又是誰賦予給他的？

是全體人類的共識，還是法律，但如果他在這其中鑽空子，只有他自己知道，他應當不再擁有這樣的正當性……

他射殺一名未成年少年，但他仍然站在這裡，不用付任何責任。

他追查柯子建的案子，依據他所蒐集到的資料，就能把人送上殺人犯的位置，有些真相顯而易見，但有些真相永遠飄忽不定。

說到底，他並沒有擁有決定他人生命的權力，他只是被賦予一種人類所共同建立的規則。

這讓他非常惶恐。

也是他無法繼續把自己擺在刑警這個位置上的最終原因。

他害怕所謂的法律，不存在正義，也不存在神聖性，他所做的事情，追根究柢，就是殺人而已。

他被殺人兇手這個頭銜糾纏，內心被愧疚跟自我質疑淹沒，殺一個人並沒有想像中簡單，尤其是當他能擁有正當殺人的權利時，更容易迷失自我。

他還記得血泊，跟那雙年輕的雙眼。

他不用為此付出後續代價，他就沒辦法從罪惡感走出來。但如果要他拋棄一切，真的為此償命或者付出所有，他又沒有勇氣，這種循環加深他的自我厭惡，成為噩夢的根源。

周行手上的菸燒到盡頭。火光熄滅。他聽見鐵門捲動的聲音，他看著機車行老闆的母親緩緩走出來，坐在門口的椅子上，遠望另一端巷口的街口，周行知道她在等什麼。

那個少年有一個罹患阿茲海默症的阿嬤。每天都會在傍晚的時候出來，等孫子回家。可是她永遠等不到了。

周行將菸蒂一把塞進後頭店家的盆栽裡，發動汽車，臨走之前，他看一眼機車行門口的阿嬤，也看了坐在副駕駛座的粉紅色佩佩豬。他撥出電話，前妻很快接起來，還可以聽見女兒在話筒旁的興奮尖叫聲。

「是爸爸嗎？是爸爸吧！他要過來了嗎？」

「逸萱，你先去倒果汁給大家喝，爸爸很快就到！」

前妻跟女兒的交談聲，平凡又日常。

這是他必須堅持的原因，他只能逃避下去。

他需要工作，需要付贍養費，需要存足夠的錢給逸萱最好的未來。他還需要讓逸萱平順而不被歧視的長大，即使他與前妻離婚，逸萱也還有一個擔任刑警的爸爸，而不是一個殺人犯的父親。

「我再十分鐘就到。」他聽見自己乾啞的聲音。

「怎麼了?」前妻跟他共同生活多年，很敏銳地發現他的聲音不太對勁。

「沒事。等我一會兒。」

他轉動方向盤，直視著道路。不管他內心的罪惡感如藤蔓般蔓延，他都不能被纏住。

他有必須背負著這一切前行的理由。

「……好吧。」周行前妻嘆氣後回答他。她已經放棄追問，不管怎麼詢問，周行都不會告訴她自己的想法，她與周行之間，有一道厚重的牆，她只能與周行說些表面且快樂的話。「快來吧!大家都在等你來切蛋糕，尤其是逸萱，說一定要等爸爸才行。」

※※※

整個開庭的過程，柯子建都安安靜靜的。

他坐在被告席，身旁是兩名法警，他聽著檢方舉出他的罪證，也聽著庭上播放他與林靜的對話錄音，他始終沒有一絲表情，連頭都沒有抬起來，彷彿已經對外界毫無反應。

周行問過所方，柯子建在看守所內，嚴重適應不良。

他不斷地遭受言語欺凌跟暴力虐待，即使管理員已經重點看管，仍然無法阻止其他被告人對他的惡意，柯子建就像是最弱小的動物，擁有與生俱來被欺壓的氣質，在看守所這種男女分流，一個純男性化的地方，他根本連一天都待不下去。

他的精神日漸萎靡，甚至監所的醫師表示，柯子建目前的精神狀況應已罹患重度憂鬱症，可能需要轉送相關的安養醫院。這也反映在今天的開庭，柯子建聽見自己將被以殺人罪嫌起訴，他卻沒有任何反應。

法官沒有當庭宣判此案的判決。

現實中，很少案子會當庭宣判結果，通常必須經過好幾次的庭審，即使如柯子建這種現行犯，自己沒有另外聘請律師，也會派給他公設辯護人，以來回向庭上協商罪刑的輕重。

這些事情，周行非常清楚，也毫不意外。

他意想不到的是，這個案子，法官竟然給出另外的指示。

妳現在是什麼意思？

你這個變態！你根本不應該活著，我要立刻報警！

妳、妳背叛我！

這麼噁心的事情誰可以忍受啊！

我要殺了妳！

你敢？

當法庭上再次撥放出這段錄音時，法官卻認為這段錄音裡，尚未浮出水面的東西還太多。尤其是林靜曾在生前明確說出想要報警的念頭，那表示柯子建還有其他的罪行，而罪刑之間不能以最嚴重的論處，而是必須考量整體結果。

所以——檢方與警方，都必須搞清楚，林靜所指的到底是什麼事情？

這段話讓列席的周行與熊維平知道，他們恐怕沒這麼輕易結束這個案子，不過更令人意外的是，柯子建對於法官的意見，非常激動地反彈。他本來對外界的事物漠不關心，卻忽然激烈的喊叫，表示他願意認罪，林靜就是他殺的，什麼協助自殺，只是他編造出來想要脫罪的故事而已。

「那死者威脅你的事情，是什麼呢？」

但法官這樣問時，柯子建又沉默不語。

「不是什麼很重要的事情。我只是討厭那個女人。」

「討厭到把對方殺掉，還想出這麼周延的計畫嗎？」

「……是的。」

柯子建低頭承認。

法官搖頭，他擔任法官已十幾年，並非毛毛躁躁的小夥子，即使被告認罪，也不代表什麼，無須意氣用事的輕易裁奪判決，他站起身，敲響木槌，發布下次開庭時間，並宣告開庭結束。

柯子建還想說些什麼，但所有人已經起立，法警打開被告席，準備在他手上重新戴上手銬，來聆聽此庭的媒體與列席人員紛紛起立，準備離去。

所有人都沒想到，就在這個電光石火的剎那，柯子建一個箭步搶過法警胸前的原子筆，猛地朝自己的喉嚨插下去，所有人都被他嚇到，媒體的閃光燈閃個不停，人們大聲驚呼，柯子建的血如湧泉般灑向被告席，染紅木椅。

法警立刻呼叫救護車，並按壓住柯子建的傷口。

柯子建還想掙扎，直接被一擁而上的法警牢牢的壓制在地上，他張大嘴啊啊啊的想說話，試圖把自己的氣管上的原子筆拔出，場面混亂又失控。

幸好，救護車很快到來，救護人員替他打上鎮定劑，柯子建逐漸失去行動能力，雙手、雙腿癱軟無力，他只能躺在地面，無助地看著法庭的天花板，嘴唇一開一闔，像離水的金魚。

但柯子建的所作所為，讓周行皺起眉來，太反常。

柯子建一開始口口聲聲，說是林靜陷害他，表現出明顯地求生意志，但他又對警方抱持著高度的戒備，他很明顯地不信任警方，一開始的偵訊十分不配合，只一個勁地說他是自願幫助林靜自殺的。

再者隨著案情的偵查進展，柯子建竟然反而想要自殺，他到底隱瞞著什麼不為人知的事情，讓他必須要以自己的生命掩蓋這個問號。

周行走上前去，救護人員已經準備把柯子建送上救護車，柯子建躺在擔架上，看見周行走向他，卻閉上眼睛別過頭去，他抗拒的意思非常明顯。

別問我，我什麼都不會說的。

※※※

柯子建的氣管受傷，短期內無法偵訊。

周行得知醫生的診斷結果，倒是不怎麼意外，柯子建的一舉一動並非毫無道理，柯子建在法庭是真心尋死，但在現場多重警力的戒備下，他頂多把自己的氣管割傷——割斷都挺有難度。

但他想隱瞞什麼的決心非常明顯。他以行動表示，他絕對不會開口，他寧願死，也不願意說出林靜威脅他的事情到底是什麼。他願以生命守護著那個秘密。

周行一個人坐在位置上，半夜了，樓下還聽得到喧鬧聲，似乎剛逮回一批飆車族，但警局的三樓很安靜，安靜到很適合思考人生。

周行手上的筆桿不斷轉動，這是他的壞習慣，思考的時候總喜歡轉動原子筆，有一次在重刑案研討會上，一個不小心讓筆飛出去，直接打上講者的臉，差點沒讓當時的長官把他的頭扭斷。

但即使如此，周行還是沒想要戒這個習慣。

他總覺得，人活著，就是需要一些制約。

給自己找一些人啊或者事情制約自己，每天回家要能夠看見的那個人，站在爐火邊給自己煮一碗湯，那就能告訴自己這是幸福；或者拚命地想要達成什麼目標，把未來鋪展得跟台階一樣長，不爬到山頂勢不罷休。

讓這些事情制約自己，日子才能過下去。

想到這裡，轉轉筆什麼的小習慣，別說要改了，留著挺好的——那柯子建呢？他矢命保護的東西，是不是制約他繼續活下來的鉤子，把他與世界牢牢的勾住。

「周行，你還在這裡啊？」

一個行政人員從外邊門框探頭進來刑警辦公室。

周行揮揮手。「還在，看點東西，待會準備下班。」

「來幫我個忙，你們今天部門收到一大箱的東西，好像是熊警官的。」

周行從善如流地起身幫忙，他可以在警局內打混一年多，靠得是他累積起來的好人緣，他什麼雜事都肯做，就是不要叫他查案子。

周行把箱子踢到熊維平座位旁，有點好奇這傢伙買什麼。偶爾有人把網路宅配的貨品寄到警局裡，通常大家都見怪不怪，不要惹出麻煩就好。只是這麼大一箱，在以男性為主的警局很少見。

周行轉身想走，卻忽然看到包裹外箱上寫著一整排的英文大字，LILIDIA GARDEN。他愣住，回想起關於這個牌子的記憶，這——好像就是柯子建信用卡帳單上，固定會刷卡的牌子！

他跟熊維平還猜測，柯子建是不是會固定買禮物送給林靜？只是林靜的屋子乾淨得好比樣品屋，根本找不到這類的禮物。

當時熊維平說他有跟廠商申請樣本，看來就是這一大箱。

周行興奮起來，他順手抽起熊維平桌面筆筒內的美工刀——熊維平還真是一絲不苟，周行自己就沒用過筆筒——割開箱子。箱子裡的東西大概有近十樣。跟他們在帳單上核對的東西差不多，

多數是女裝的衣物跟配件，還有兩雙鞋。

周行全都拿出來看一眼。材質不錯，料子挺好，打版也專業，果然是百貨公司貨。可惜他女兒還不能穿。

他感嘆完，把樣品又全扔回紙箱內，即將關上時，忽然停住動作。

等等，他為什麼會想到自己的女兒？

這絕對不是沒有來由的直覺。

他猛地拎起那兩雙鞋，一雙是運動鞋，一雙是小馬靴。他翻到底下看尺寸，20cm。他又拿起一件連身裙，百貨公司的衣物很少是F尺寸，尤其是如果這跟他所想的一樣——他瞪大眼睛，果不其然，衣服的背後領口下方，寫著XL。

這不是一件多大件的連身裙，即使警局內最瘦小的女警都穿不下，這袖口還做收束設計，就是只有孩子的手臂能夠穿過去，總長度40公分，卻寫著XL尺寸。

天哪！這些都是童裝啊！

打開的當下，周行就已經隱約感覺到，才會感嘆女兒還不能穿，柯子建買的這些衣物、配件、鞋靴，全都是童裝。

周行立刻打開自己的桌上電腦，輸入 LILIDIA GARDEN 這個品牌，在官方網頁上，他很快地發現 KID 的類別，這是一間國外的女裝品牌，但有一個系列是專為兒童設計。

周行的指間微微顫抖，想到柯子建這幾個月以來的購物紀錄，他以警方專線打電話給信用卡公司，跟信用部客戶資料處核對完身分，並要求查看柯子建所有的購物紀錄。

對方很快答應，承諾在三個工作天內，將柯子建使用此張信用卡的所有消費紀錄寄送到警局來。

「不，我只想查一件事，你現在幫我核對就好。」

周行按壓著自己的太陽穴，不太確定自己想聽到什麼答案。但他還是得查清楚，得知道所有覆蓋在真相底下的黑暗。

「我想查，LILIDIA GARDEN這個牌子，柯子建的信用卡帳單，幫我查他最早的購買時間。」

話筒內傳來鍵盤清脆的打字聲。仰賴於科技跟電子化。大約只有十五秒左右的時間，周行就得到答案。

「大約從三年多前開始，正確來說是，三年前的九月十二日。而他的核卡時間是九月十日。」

「……謝謝。」

周行把電話掛掉。他已經得到自己想要的答案。

柯子建根本不是這三個月才開始購賣這些衣服，而是一直以來，都有購買童裝的習慣，他長達三年，都在買同一個品牌的衣服，從他獲得這張信用卡開始。

但這些東西都是童裝，他肯定不是自用，而是贈送。

關係還蠻好的，小朋友都很喜歡他。

這句話如雷般打進周行腦裡，震得他暈眩。

柯子建從大學的打工開始，畢業後也一直擔任水上救生員，他買這些名貴的禮物送給孩子，代表這是他的習慣、他的制約，他想從孩子身上得回什麼呢？

對比林靜知道的秘密，她在錄音檔裡崩潰的聲音，說要報警抓住柯子建，那這件事情就絕對是違法，甚至很可能不被人類的理智跟道德界線所接受。

對孩子做出什麼行為，會引起大人如此劇烈的反彈呢？

要不是施暴，就是性侵害。

施暴不太可能，會留下痕跡，也會引發孩童的心理恐懼跟情緒異常，性侵害則不一定，很多孩子可以隱忍數年，甚至長大之後才回想起這段記憶。

如果真是這樣，周行完全坐不住。他把幾件衣服拍下來，立刻驅車前往夏色高級水上會館，他表明來意，找到救生員的組長小七，對方正要下班，打完下班卡之後就帶著周行到水上會館附設的咖啡館。

周行把這些衣物跟鞋靴的照片給小七看。

「你們對這些東西有印象嗎？」

小七皺眉，仔細辨認好幾秒，還是搖頭。

「沒有，我應該要有印象嗎？」

「這些都是從柯子建購買紀錄中找出來的樣品。」

周行推論給小七聽，他認為，柯子建應當是透過工作職務之便，私底下與孩子們有聯繫，他買這些東西給女學童們，也才會受到小朋友的喜愛，因此只要找到收過柯子建禮物的孩子，應該可以進一步釐清案情。

「全部是女裝嗎？」

「嗯。全部都是，重點尋找八歲到十二歲的女孩子。」周行放下咖啡，眼神牢牢攫取住對方。「上次講到柯子建開課的事情，你講細節給我聽。」

小七低頭，被這麼執著的目光凝視，完全沒有辦法說謊。自家老闆的叮囑也全都忘得一乾二淨，他如實吐露。

「我們寒暑假的時候會開兒童泳訓班，其中以柯子建的業績最好，報名率最高，他對小孩很有耐心，很多爸媽還會特地為了他來加入會員，替孩子報名泳訓班。」

小七有點踟躕。「但他沒有游泳教練執照。而且也不喜歡其他救生員跟他一起教課，他本來是不能開班的，但他業績好，老闆就指定要他開課，最近連開學期間的假日也有固定的一班。」

想到柯子建對小孩子如此的有一套，周行的心更沉，說不定已經有孩子受害，卻囿於柯子建的威脅利誘而不敢說出去，他沉下臉，小七更不敢多說什麼。

「你們看過他私下送禮物給孩子們嗎？」

小七茫然地搖頭。「他不讓我們跟他一起教課。只聽說他有時候會跟學員一起出去玩，帶他們去看電影或者吃大餐。」

「你們都不覺得奇怪嗎？」

「反正他是游泳班的明星教練……」小七的聲音逐漸轉小。

「他很有可能長期侵犯這些孩子！」

周行的臉色更難看。他迅速想清楚接下來的作法，暫停自己的憤怒。情緒無助於解決事情，更無助於破案。

「在柯子建游泳班裡上課的孩子，你們都有登記吧？一個一個清查，他應該已經得手，不然不會在這裡工作這麼多年。孩子們收到他的禮物，很可能會炫耀給同儕看，重點詢問，誰是柯老師最喜歡的學生，或者曾收過柯老師的禮物？」

周行認為現在去追究柯子建違法開班的事情毫無用處，最重要的要找到他下手的對象。而這件事情，由救生員來做會比較好，他們至少熟悉這些孩子，不至於嚇壞他們。

「請盡力配合，不，你們一定要找出我所說的孩子。你們很可能錄用一名戀童癖，他也有極大機率已經侵犯孩子們，所以這是你們的責任，完全不可推卸的責任，你聽見沒有！」

周行嚴厲的聲音迴盪在咖啡館內，引起其他客人的矚目，但他不在乎。

「我們會立刻開始向孩子們詢問……」

小七的表情沉重又帶著嫌惡，想到曾經跟那樣的人一同泡在水裡，就使人感覺到不舒服，全身的雞皮疙瘩都站起來！

※※※

周行彷彿在黑暗中抓住一根繩索，那是整個案子的核心問題，也是柯子建可能竭力想要隱藏的事實，林靜以此來威脅柯子建，而柯子建聽從威脅殺掉她……

但這根繩索比想像中要難以攀爬。救生員那邊經過數天卻毫無進展，沒有人知道

「柯老師」把禮物送給哪位學生，也說不出他最喜愛的學生是哪一個，一切陷入僵局。

周行向水上會館要來學生名單，正在思索是不是向分局長申請女警跟諮商師加入這個案子比較好？因為被侵害的孩子可能把這段記憶埋得很深，不會輕易洩漏。

周行陷入困局，即使是大規模的諮商輔導，恐怕一時半刻也得不到答案。他重新梳理整個案子，柯子建與林靜的生活各代表一半的答案，但拼湊在一起，卻無法合而為一。

是少了什麼呢？

讀書會。

這三個字忽然如閃電般出現在柯子建的腦海裡。

IOBQ的老闆雷光是唯一同時認識林靜與柯子建的人，他或許知道得更多，而且讀書會一詞還是太過啟人疑竇，現在真的有人會聚集起來一同分享讀書心得嗎？據他所知，這種讀書會，要不是什麼英文練習會，就是商業分享會，純文學的愛好？他還以為那是上個世紀的活動。

他從熊維平書桌上翻出那本老闆送給他們的《家裡的小秘密》。雖然看到這麼大部頭的書就想睡，但為了查案，還是得看！他睜大眼睛，仔細的看完幾十頁，終於擱下書來。本來以為自己會昏昏欲睡，卻比想像中的要冷靜與震撼。

《家裡的小秘密》，是一本講述家族裡出現「異類」，無法被其他家人接受，進而驅逐或者藏起來的故事。這些與家族斷裂的人，沒辦法獲得任何來自親代的垂直認同，因此他們轉而尋求與自己同儕的水平認同。

周行的腦袋不停思考。

每個人在世上都有制約自己的鉤子。最先的鉤子，多數是家庭，來自父母。如果真有這樣一個讀書會，選定這本書，他們想尋找什麼？又想從中得到什麼解答？

他們想從《家裡的小秘密》裡的案例，尋找到認同感嗎？

周行穿起外套，開車到ＩＯＢＱ外頭，他並不知道讀書會的時間，只是想碰碰運氣，或許老闆雷光還在店裡，他可以採取突然上門的方式去訊問對方，或許先喝一杯，再進行閒聊，從話語中分辨對方是否遺留什麼破綻。但周行很意外地看見一名熟人——

熊維平從ＩＯＢＱ的大門口走出來。他的身後還魚貫地走出一群人，男女老少都有，六人在店門抽菸，然後把菸蒂踩熄在地面上，隨後道別，散入巷道之中。

周行看見熊維平也把菸蒂一腳踢入下水道的人孔蓋裡。

周行默不作聲，沒有發動汽車，直到熊維平發動他自己的車，在夜色中駛向下一個街口，周行才緩緩跟蹤上去。

台北的夜晚，車流量仍然不少，周行費了一番功夫才沒跟丟，他本來以為熊維平要回家，卻沒想到熊維平越開越往郊區去，直到開上陽明山的馬槽橋，熊維平才停下車，坐在連接兩側山脈，一片漆黑的大橋邊。

周行一看這架勢不對，立刻摔下車門衝過去。

「你幹麼？大半夜的想把自己摔成八塊、十塊，還是一灘爛泥？」

熊維平回頭看他一眼，平靜無波，但周行敢賭咒發誓，熊維平那一眼的意思是，周行你的腦子是不是壞了？

周行確定熊維平沒有把自己分解，回歸大地的想法後，乾脆也坐了下來，一同面對空曠、壯麗、幽深——屁，什麼都沒有，只有一片黑暗，彷彿能把人吞下去的山谷。

「你跟他們混在一起做什麼？」

「我把《家裡的小秘密》看完了。上下冊。」

「這麼厲害？那書厚得很。」

「一個晚上看完。」

「……」

周行沉默，用一種看外星生物的眼光看熊維平。這傢伙不是有什麼強迫症吧？書打開就得看完，上冊看完不夠，連下冊一起看完才算數。但看對方眼睛是眼睛，鼻子是鼻子的樣子，料想分局長應該也不會看錯要栽培的人，他才放心一點。

熊維平面對著黑暗開口，「我覺得我跟他們一樣。」

「誰？」周行沒跟上他的節奏。

「書裡的人，還有地窖裡的人。」

「他們是什麼人？」

「在世界上流離失所的人。」

周行又沉默了。開始懷疑分局長是不是真的看錯人。

「我耗費兩個禮拜的時間，他們終於接受我。不過這本來就是同類的氣息。他們只是需要一點時間確認，確認我們都是跟上一代斷裂的人。他們跟我，都不被母株所接受。我們是瑕疵品的果實，應當被淘汰。」

「……我很確定書裡沒這麼說。還有你他媽的是參加邪教是不是？給我清醒一點！」

「我很想殺死我爸。」

熊維平彷彿嫌今晚嚇周行嚇得不夠，加碼說出驚悚的故事。

「我爸也是刑警，但我可不是為了要跟他一樣，才當上刑警。我只是想證明，我可以跟他不一樣，我不需要每天醉醺醺地回家，不需要打老婆跟小孩發洩壓力，我無數次想殺死他，但他卻沒給我機會，早早就死了！」

周行用全新的眼光審視熊維平。這人應當是個人才，偏執的程度超越罪犯。只為了證明自己比父親厲害，就用決定此生志向，而且警校不好考啊……

周行試圖擠出什麼安慰熊維平，他皺著眉頭，猶猶豫豫的把自己手攬到熊維平肩膀上，但對方卻古怪的看他一眼。

「你相信？」

熊維平從口袋裡掏出手機，打開一個檔案給周行看。周行只看幾秒就臉色慘白，熊維平正在虐待屍體，他拿著鋸子，緩緩的割開躺在法醫室解剖台上的死者腦袋。

畫面裡的熊維平哼歌，很自得其樂，還拿夾子夾出混濁的眼珠，夾進旁邊的三明治，搭配生菜跟美乃滋，緩緩地咀嚼起來，臉上滿是津津有味的神情。

「嘔……」

周行發出乾嘔聲，恨不得立刻從熊維平身邊彈走，但熊維平低笑的聲音引起他的戒心。他反應過來，自己被熊維平耍了。

「地檢署的法醫早幫我處理好。那顆眼珠是糖漿做的。」熊維平的聲音有點得意。

「你弄這些做什麼？」周行匪夷所思。

「混進去啊。」熊維平站起來，伸伸懶腰，「我混進那個讀書會好幾次，雖然起先辛苦地浪費一點時間，但要讓他們相信我的故事，不是很難對吧？你剛剛也相信了。然後給出這段影片，我們就互相握有對方的把柄，從此成為背離者。」

「背離什麼？你掌握到什麼把柄？」

「一些無法啟齒的小秘密。他們自稱背離者，定期聚會，交換自己的秘密，對他們來說，這些事情不能只有自己知道，他們得找到聽眾，找到能夠分享的夥伴。」

「犯罪還要大聲嚷嚷才開心？」周行無法理解。

「沒有人分享，就失去意義。」

「都是些什麼樣的？總不會是殺人或者強姦吧，我看你還挺鎮定。」周行的判斷沒有錯，換來熊維平的一個笑容。

「跟蹤看看吧！我現在跟你說也沒什麼用，我們得拿到一些能夠威脅他們的東西，才能知道柯子建跟他們『交換』什麼。」

「聽起來不錯。」周行點頭，也跟著站起來。

他們倆並肩，走回各自的車，熊維平上車，臉上還是平靜的樣子，他即將把車開走的時候，周行的車卻並列在他旁邊，敲敲他的車窗。

熊維平拉下車窗，挑眉，給出一個疑問的眼神。

周行深深地看他一眼。只講一句話，言簡意賅。

「你別再去那個讀書會了。你是屬於我們這邊的人。」

話音剛落，周行的銀白色車身就流暢的迴轉離去。率先開走的周行，打開車內音響，讓 Pink Dream 的歌聲充斥著整個空間。他特別喜歡聽有隊長金珠熙獨唱的那幾首歌，她清亮的聲音彷彿可以驅散一切迷霧。

他心裡清楚得很，熊維平那小子別跟他裝模作樣，他很清楚，什麼樣的故事最能取信於人呢？

真實的故事，尤其是真實的悲劇，人總會被其中的不堪所吸引，甚至迷戀。

熊維平的故事不全然是假的。

第七章

SECTION 7

跟蹤的成果不可謂不豐碩。

這群所謂的背離者，擁有著大大小小的愛好，最輕微的只是在超市偷點東西，從原子筆到外套，不管物品大小，無所不偷。

這名專長偷竊的背離者，在他們跟蹤的時候，甚至偷走一輛腳踏車，堂而皇之的從大賣場騎出去，周行跟在後頭，手上拿著小型攝影機，嘖嘖稱奇地全拍下來。

他們沒有當場抓人——把人抓了，還要怎麼威脅呢？

周行也擔心過，如果只是影片，而沒有對方偷走的物品做為證據，恐怕難以撬開對方的嘴，不過當周行偷偷打開那人的門鎖，發現對方家裡就像是個小型的資源回收站後，他就放棄這個擔憂。

看到全新的十幾把雨傘跟一箱又一箱尚未剪標的衣物，任何人都會放棄這種無謂的擔憂。

不過有的就嚴重一些。

背離者其中的一個老師——還是高中數學教師，嗜好是經營都市民宿，價格非常便宜，會讓外地來到台北市旅行的背包客大呼划算，在自己臉書上推薦給親朋好友的那種，唯一的條件是限女。

因此周行特別委託局內的女警入住，他們則在門口等待，讓女警進去看看有沒有什麼不對勁的地方。

差不多經過十分鐘的時間，女警就走出來，告訴周行，她全身的反針孔器材都在大叫。媲美飯店的高級房間內，至少有十支監視器。

「連馬桶底下都有。」她這麼告訴周行。

周行匪夷所思，還彎下腰，只看見雙腳後方的熊維平，正翻著白眼看自己。他實在難以想像馬桶下的角度可以拍到什麼。不過這些嗜好本來就難以理解，不必費心。

下一個背離者的嗜好很快地轉移周行與熊維平的注意力。

背離者當中有一名是殯儀館的夜間守衛。晚上的時候要巡邏整個園區，比如停車場、追思禮堂、解剖室、牌位區……以及停屍間。

巡邏這些地方很正常，職責所在，但周行跟熊維平跟蹤他三個晚上，發現他每晚都會在停屍間滯留半個小時，出來的時候會神經質地調整皮帶的鬆緊。調整數次到最緊，接著又微微放鬆兩公分。

周行跟熊維平心理都有不好的預感，只好猜拳，看誰願意進去埋伏。第四個夜晚。運氣不好的周行躺在停屍床底下，嘴裡含著巧克力糖。他聽見附近不銹鋼床咿呀咿呀的搖晃聲，心想真是夠了。他知道人類不制約自己活不下去，但這麼噁心的鉤子，真是最大限度地具體展現人類的多樣性。

但他們遲遲找不到 IOBQ 老闆雷光的把柄。

即使在讀書會上，雷光也不提自己的嗜好，他會準備聚會的點心，讓大家取用，他享受的看著大家吃掉，然後讚美他。只要如此，他就心滿意足。

周行一度懷疑，雷光只是喜歡蒐集這些神經病。但熊維平說不可能，他看過雷光眼裡的光，比其他背離者都還要幽深。

他們鍥而不舍，跟監雷光長達一個月，因為一直找不到雷光的秘密，不得已周行只好讓熊維平繼續參加讀書會，在讀書會上嶄露他對於屍體的高度食慾。

說來好笑，最早熊維平剛加入讀書會的時候，因為熊維平的刑警身分，大家對他的戒心都非常高，為了不要引起熊維平的懷疑，大家還認真地聚在一起，共讀幾回《家裡的小秘密》，各自彆扭的分析自己的想法。

接著熊維平慢慢發現大家都有些私人愛好，他又不經意的洩漏自己的特殊食慾，讓大家以為已經掌握住熊維平的把柄，讀書會的重點節目「分享會」才又重新開幕。

但雷光一直都沒洩漏自己的小秘密。

直到有一次讀書會結束，雷光特地把熊維平留下來。

「你的吃法太糟糕。」雷光像是抱怨，又像是炫耀。

「我廚藝不精。」熊維平裝作無可奈何。「而且原味比較合我胃口。」

「不。你只是沒嘗過極致的料理。」雷光搖頭。「你要知道，心臟的肉最嫩，富有血液，應該切片乾煎，三分熟就好，靜置五分鐘後才能吃。胃囊洗乾淨後可以塞春雞跟糯米，下鍋燉煮，還有膝蓋骨，你敲碎太不優雅，熬湯是唯一選。不過我喜歡你把眼珠子搭配美乃滋這個點子，咬碎的時候口感不錯。」

熊維平吞了口水，雷光滿意的點頭，認為熊維平被自己說的食慾大開，他不知道熊維平純粹是被噁心的想吐。

雷光慷慨的說：「下次把食材帶過來，我幫你料理，不收料理費。」

「今天晚上的濃湯很好喝。怎麼做的？」熊維平試探地問。

「我就知道你喜歡這個。那是腦髓加上陰莖去熬的，耗費我十幾個小時，不過很值得，味道甜美，加上干貝，人間絕配。」

「我可以外帶嗎？我看鍋子裡還有。」

「那是我的宵夜。但作為交換，下次可以幫我帶一點內臟嗎？什麼部位都可以，我想做滷味，切片給你們沾辣醬吃。」

「我盡量。刑警也不是無所不能。」熊維平聳肩。

「你幫大家解決掉一些無聊的小麻煩，大家都很感激。」

「我可以給你一些無人認領的屍體。」

雷光終於露出滿意的神情，把鍋子裡的最後一碗濃湯交給熊維平。

熊維平一直撐著，直到返家，把那碗湯交給周行，才去廁所嘔吐，吐到天翻地覆，三天吃不下任何食物，脫水的差點要去打點滴。

鑑定報告很快出來，這時候熊維平才剛開始學習喝粥。報告裡面跟雷光說的一樣，他倒是個不藏私的廚子，也不怕秘方外洩，就這樣完整地告訴熊維平。

不過退一萬步想，這世界上能跟他分享這個秘密的人肯定不多，他可能寂寞很久才遇到一個熊維平。

即使是在背離者裡面，他也沒有鬆口，畢竟人類再怎麼超過道德界線，一想到對方會把自己給吃掉，還是會有本能的恐懼，因此雷光從來不說，只是煮著他認為絕頂美味的食物與大家分享——想到這裡，熊維平又去嘔吐。

總之他們拿著報告去找雷光。

當時雷光站在吧檯前面，慢條斯理的切著蔥段，放到鍋子裡，跟一大塊肉一起熬煮，周行因此想起，他也曾經在IOBQ吃過一次飯，為了調查柯子建該死的性向問題時，周行臉色立刻變得難看。

雷光看他們殺氣騰騰的來時就知道事情曝光。

「我以為我可以信賴你。」雷光惋惜的看著熊維平。

「必須有人來阻止你！」熊維平把嘔吐的怨氣都化為怒火。

「歷史上不缺以人作為美食饗宴的例子。你們來做什麼呢？」雷光打開鍋子，攪拌。香氣竄出來，周行跟熊維平都恨不得自己鼻子暫時性失去作用。

「殺人是犯法的。」周行艱難地在煙霧中開口。

「你們可以去查，多的是家屬高價出售冷凍的死者遺體，甚至還有醫師幫忙處理，切除病灶之後切塊販售。這不是什麼大事，只是你們不知道而已。像我這樣的人，很少。出得起價格的人更少，但不是沒有。」

「但你不想曝光。」周行握緊拳頭，「我們已經掌握你們的小秘密，雖然你認為不算什麼——但不容於社會吧？作為交易，你解散背離者，告訴我們柯子建的秘密是什麼，這一次我放過你。」

周行說的是這一次。雷光當然聽懂。

「你們就是不能理解，你們自以為可以包容，但超過你們想像力的事情又沒辦法接受，我們沒傷害誰，沒讓誰過不下去，沒造成痛苦，沒有破壞。」雷光深深皺眉，感覺到自己被冒犯。

「你們只想滿足你們的私慾！」周行冷冷地回諷。

「活在世界上，誰不是呢？別說得你一副大義凜然的樣子。上帝說，你們中間誰是沒有罪的，誰就可以先拿石頭打她。」

雷光的眼睛注視著周行，周行莫名想起那名少年倒在血泊裡的樣子，他陣陣發寒，感覺到心底的恐懼被掀飛，真想放棄這個案子。

但熊維平碰碰他的手肘，給予他支持。「各退一步，你給我們柯子建的秘密，我們就走。」他的聲音穩定，沒有什麼顫抖。

周行想，或許熊維平的想法才是對的，非黑即白，選定位置，一路走下去，這樣才永遠知道自己該朝哪裡走。而不是像現在，以為自己有灰色地帶，卻被困在其中。

「好吧。」

雷光很快地做出取捨，他的確庇護著這些背離者，但他的初衷只是為了讓人品嘗到更美好的食物，這是任何一名廚子的天職。他需要分享，不然他會被自己的廚藝逼瘋。但沒有人有義務為另外一個人保守秘密。

雷光開口：「如果按照你們的話來說，柯子建應該是個戀童癖。」

這在周行意料之中，但他皺眉：「我們一直沒發現柯子建下手的對象。那他會帶什麼來聚會的時候分享呢？你們見過任何一個孩子嗎？」

「怎麼可能？」雷光笑。「但他會帶著他珍貴的收藏來跟我們分享。」

周行跟熊維平對看一眼，兩人都知道開始接近核心！

「他的收藏，是什麼？」

「他會帶來一些照片，他不知道使用什麼方法，讓那些孩子乖乖睡著，打扮得很可愛，有時候穿裙子，有時候不穿，照他的說法——沒有性別的時候，才是天使。」

「那些照片呢？」熊維平追問。

「我不知道。你也參加過聚會，我們不過問彼此的藏匿地點。」

「你們沒有任何一個人想要報警嗎？」周行感覺到渾身不舒服。

「我們不干涉對方。」雷光微笑。「再說，那些男孩子在他的打扮之下，真的很漂亮。你會喜歡那些照片的。」

「我才不會喜歡，等等，男孩子？」周行敏銳地抓住關鍵字。該死！他們尋找的方向錯誤！

「是啊。我一開始不就說過嗎？他對女體沒有反應。」

「那他與林靜又是怎麼一回事？林靜威脅要報警嗎？但林靜又為什麼會加入讀書會？」

「林靜是我的朋友。」雷光露出有點傷感的神情。「很多年的好友了，我們很久沒連繫，但有一次在路上碰到，我們認出彼此，我把她帶到讀書會上。」

「為什麼？背離者不會隨便接受新的人。」熊維平提出質疑。

好比他，花了大把的時間才加入其中，加入之後也只是看大家展示一些戰利品，有時候無聊得就像擺地攤，大家對彼此的貨都毫無興趣的那種。但這些人需要這樣一個炫耀的空間，這會讓他們在蒐集戰利品時更有動力。

「你們剛只說想要柯子建的秘密。」問到關於林靜的事情，雷光有點掙扎。

「林靜是你朋友，你也不想她死得不清不楚吧？是你把她帶到讀書會上的。」周行試圖讓雷光因為愧疚而說出真相。

卻沒想到雷光搖頭。「我不想說謊，或許以現在的結果來說，柯子建被定罪的機率還要更高。但真相是林靜想自殺，她想加入讀書會，她想找到一個人協助她自殺。」

「為什麼需要人幫忙？」

「她想平靜的死去，永遠不要再甦醒。她已經嘗試過自殺，但吞安眠藥的效果不太好，上吊跟跳樓又會麻煩到別人，她擔心屍體會驚嚇到不相干的人。」雷光垂下眼睛。「她是個很溫柔的人。」

「所以柯子建的說法才是對的？」周行簡直不敢置信。「這跟我查到的證據不符！」

「我只是告訴你們，林靜最初加入讀書會的原因。」

「她為什麼選上柯子建？」周行繼續追問。

雷光向他攤手。「我也不知道，如果我知道就好了。或許我可以向柯子建提議，別的處理方式，放在冰櫃裡太浪費。」

周行不可置信。「你剛剛說她是你的朋友。」

雷光笑。「死亡會帶她走的，餘下的只是食材，就跟豬或者牛一樣。你們除非茹素，不然就跟我一樣，都日夜吃食著屍體。」

周行跟熊維平知道他們無法改變雷光的想法，只能轉身離去，而他們走時回望，看見雷光慢慢地降下鐵門，他們知道，這間 IOBQ 餐廳不會再營業了。

※※※

周行通知救生員組長的小七，告知他們搜尋的方向錯誤，應該著重在男童學員，小七跟底下的救生員又忙碌起來，但暫且還沒有結果。

周行決定，他得先找到所謂柯子建藏匿照片的地方。他早先去看守所一趟，借訊柯子建，但全程柯子建都不肯開口，一句話都不說，徒勞無功的周行只能離去，琢磨柯子建該把那些雷光提過的照片，藏在這個家裡的哪裡才好？

周行確信照片一定還在，不然柯子建不會拚死不肯說。柯子建要用生命掩護的秘密，一定就是這個！周行走進柯子建的家，熟門熟路的打開電燈，他來過不只一次兩次。

鑑識小隊更把這裏翻個底朝天，但除了依稀在垃圾桶裡發現燒毀的紙張纖維以外，他們從未在這裡找到任何關於柯子建戀童的證據。

柯子建待在台北很多年，也住在這裡很多年。

他像是那種選好一個窩，就不會輕易挪動的人，這裡距離夏色水上健身會館十公里，騎機車差不多二十分鐘。離公司算不上太近，也不是現代化的大樓，甚至是頂樓加蓋，建材是磚牆，不是鐵皮屋。

柯子建一個人擁有整個頂樓，但房東沒費心裝潢，就是一個套房而已，屋內有廚房、廁所、臥室，全都混雜在一起，一眼望去可以看到所有室內家具。

外頭可以看見台北的巷弄，破破舊舊，大家的遮雨棚跟冷氣互相交錯，野貓能輕巧的從底下跳到頂樓，而非像大樓牆面般銅牆鐵壁。周行甚至在柯子建的陽台發現一只貓碗，裡頭沒有食物，但聞起來有一股鮪魚味兒。

周行在屋子裡待了很久，他總覺得秘密就在這裡。

柯子建每天生活規律，兩點一線，一個月只有一次會到同志三溫暖去發洩慾望——他總不能一直找到孩子下手，而且他不會離開他的收藏太遠，至今他仍然不肯說出關於收藏品的事情，不惜為此割傷氣管，他想保護的，恐怕就是這個禁忌的秘密。

周行環顧四週，收藏品到底在什麼地方？

他翻找所有的櫃子跟書籍，推敲有任何秘密儲藏的空間，他一片瓷磚一片瓷磚的敲擊，開始疑心柯子建是不是在這裡興建密室或者通道，但聽到樓下住戶拖拉椅子的聲音，他也知道自己想太多，這裡的樓地板很薄，沒有改建密室的可能性。

柯子建把房間收拾得非常整齊。

地板光可鑑人，廚房看得出來偶爾會開伙，冰箱裡還有蔬菜跟水果，沙發上散落著幾本書籍，是周行一看就感到頭疼的類型，比如人類大屠殺的演化，還有宗教史與戰爭。

電視前擺放著一組瑜珈墊，跟幾架重訓器材，牆上也綁著TRX彈力繩，東西看起來都有使用痕跡，甚至以這個數量，還有器材上頭的保養痕跡來說，柯子建想必沉迷於健身。

周行閉上眼睛，以柯子建的思考邏輯運作，他必須進入對方的腦海裡，才能揣摩他的一舉一動，才能找到真相。他眼前慢慢浮現柯子建的身影，他看見柯子建在重訓器材上，將自己的體力逼迫到極限的樣子。

但他與世界只剩下一層薄薄的聯繫，他又想要追求什麼外表的價值呢？

讓人放下戒心的外貌。

周行靈光一現，柯子建必須擁有像年輕男人般的樣貌與體態，才能接近那些孩子，他的內在有企圖，有狼不能說出口的慾望，但他披著的羊外皮是游泳教練，是羞澀、不善言辭、但很喜歡孩子的青年。

他已經三十二歲，但他不能失去這個外皮。

他習慣替自己偽裝，那他收藏祕密的方式，肯定也經過轉換，他沒有藏起來，他很可能是以另一種樣貌呈現。

周行腦海閃過一點什麼，又抓不太住，他睜開眼睛，眼前的沙發與床鋪之間隔著一道櫃子，櫃身沒有門，只有一層層的格架。

將櫃子作為屏風的用途挺常見，略有些遮蔽，但可以讓光線通透，沒有水泥隔間的拘束感。柯子建或許是想弄出臥室的感覺，他擺放一整組的櫃子，木紋色的，有數十個格子，前後穿透，周行站在沙發的這一次，可以從杯子的縫隙裡看向床鋪。

柯子建在櫃內擺放數十個馬克杯。

這種架子，周行曾經在咖啡館看過，有些咖啡館提供寄杯服務，把自己心愛的杯子放在店裡，每次去都能用自己的杯子喝咖啡——這也算是一種偏執吧？

懶人如周行不太理解這種嗜好，但眼前他更不理解的是，柯子建收藏各色的純色馬克杯做什麼？一共有七種顏色。黃橙紅綠藍靛紫，彩虹色系。

馬克杯由上而下，一色一列，杯柄統一朝向右側，像支整齊的小軍隊，除了說明柯子建是個右撇子，還可能有強迫症以外，毫無其他收穫。

周行站在馬克杯牆前頭。他心想，買這麼多的杯子，總不會不拿來喝，只是純作裝飾品——這可能性說起來也不低，看看家裡有沒有儲存相對應的飲品原料就能知道，比如咖啡豆、茶包、奶粉等等——

他快步走向柯子建的廚房，打開櫃子，裡面只有一種即溶咖啡包，很廉價的那種，大賣場偶爾三盒還會打折。

與其偏執不相稱的品味。柯子建買咖啡杯不是為了喝咖啡，而是有其他目的！周行忽然猛地抬起頭，想起一件事。

周行跟前妻結婚的時候，前妻買過一組馬克杯，一黑一紅，杯柄鑲嵌著微小的碎鑽，前妻曾經煞有其事地跟他說，黑色是周行的，紅色是她的，一開始周行還會拿來泡咖啡，但後來周逸萱出生後就忙得沒時間。

但那組咖啡杯，仍然擺在家裡最高的櫥櫃上，因為那組咖啡杯是對杯。即使顏色不同，仍然是他們最喜歡的對杯，杯身隱藏了他們相愛的回憶。

周行想到這，他慢悠悠的從櫃子裡拿出熱水壺，倒入自來水後開始煮水，他站在流理台，指尖輕敲，敲出一首揭曉謎底前的旋律。

腦海中，柯子建的影像與他重疊，一起等著熱水燒開，然後走到馬克杯牆前，指尖滑過這些光滑的杯子，選中其中一個，拿回廚房後，放入即溶咖啡的粉末，倒進熱水，咖啡粉逐漸溶解進水裡。

周行把馬克杯拿在手上，一瞬也不瞬，他的心跳加快，這是屬於刑警的娛樂，看著真相浮現在眼前。室內慢慢逸散著咖啡略微苦澀的香氣，周行眼睛眨也沒眨，終於杯身上頭逐漸出現影像。

一張赤裸著身體的男童照片。

找到了，賓果！

柯子建把這些小男童的照片放在馬克杯上，作為自己的收藏。這些照片拍得極富藝術性，小男孩們閉上雙眼，像天使一般躺在地板上，沒有任何猥褻的意味，他們熟睡，像世界上最精緻的藝術品。

不會有任何一間廠商檢舉柯子建的。

這是一種專門製作紀念對杯的技術，由客人提供照片，廠商利用熱敏感變色液體遇見高溫會變色的特性，來製作成杯子，杯身平常看起來尋常無奇，通常是純色馬克杯，但碰到熱水，杯身就會浮現出客人當時提供的照片影像。

也因為照片都由客人提供，製作廠商通常不會去詢問照片來源。

甚至退一萬步說，即使柯子建列印的是色情圖片，他們大抵也不會因此而報警，這年頭誰知道真實跟虛假的界線在哪裡？說不定只是網路上抓的圖片。

那些製作馬克杯的廠商，永遠不會知道，這些小男孩，都是非自願被拍下這樣的照片，成為柯子建的收藏。

周行緩緩轉過杯身，在影像的後方，有一行數字跟名字。

20001128，盧廷瑋。

周行把咖啡全數倒入水槽，廉價的即溶咖啡像汙水般流進水槽，周行打開水龍頭，輕輕洗手，轉瞬間，所有的咖啡都流入下水道，水槽又恢復乾淨，周行關上水龍頭，這是他一直以來的工作，清除罪惡。

罪惡不會消失，但絕對不能放任不管。

他知道自己今晚很有得忙，他得一個一個找出這些名字所代表的孩子，並建構柯子建的作案模式，還有最困難的部分——通知被害人與其家屬。

周行拿起電話，撥通熊維平的號碼。

「喂？你帶鑑識小隊，過來柯子建的家一趟。」

天快要亮了，案情也即將水落石出。

※※※

警局內徹夜燈火通明。周行向其他組別暫時借調人手，與熊維平分頭發號施令，煮熱水、倒入馬克杯，再拍照、建檔。

所有的員警全都埋頭苦幹，一一整理柯子建過往的生涯紀錄，劃出地點，去分類他能夠接觸到的孩子，並調查與馬克杯上的名字有相關的人，這不是一件容易的事情，柯子建的犯案模式尚且不清楚，而且他似乎從未曝光，他除了一個網路援交以外，根本沒有相關前科，也沒有爆發過此類糾紛。

他們最後只能從最近日期的杯子開始確認，與小七送過來的學員名單進行比對，不知道該說是幸或者不幸，他們很快地找到幾名學生。

全都在六歲到十歲之間，家長得知時非常震驚，甚至表明因為孩子根本沒有異狀，沒有顯現出相關的記憶與創傷，因此不願意讓孩子接受警方訊問，以免造成二次傷害。

但接下來醜陋的事情逐漸浮現，周行說服家長，讓孩子開始接受諮商與治療，經過社工的遊戲陪伴跟繪畫治療後，這幾名被柯子建留下照片的孩子，都不約而同地提到一個夢。

他們在夢裡柯老師會溫柔地擁抱他們，輕輕摸過他們全身，接著他們會沉睡，在夢的裡頭又陷入另外一個更深沉的夢，醒來時柯老師則會說他們是最棒的學生。

柯子建會幫他們洗澡、更換衣物，洗去他們身上的汗水跟其他的東西，告訴他們因為發燒的關係，所以要多洗幾次澡，這樣就可以退燒好起來。

家長不敢置信，不知道該慶幸孩子們至今仍誤以為這是一場夢，還是該痛苦孩子們若干年後，終究會明白自己遇到什麼。

事情有了飛快的進展，很快地，他們找到更關鍵的證據——簡家杰的杯子．．1998

年，簡家杰。

簡家杰在照片裡的年紀看起來特別小，渾身赤裸，沒有穿任何衣服，躺在光潔的磁磚上，露出寧靜的神情，他被擺放成蜷曲的樣子，大拇指還放在嘴裡，就如同在母體內，安詳、平靜、初生的生命，還有無限的希望跟未來。

周行看懂柯子建的迷戀。也終於理解林靜為什麼要設下這麼繁複的陷阱，讓柯子建深陷其中，無法逃脫。

在林靜的檔案上，她曾經結過一次婚，但大約一年多就離婚，這段婚姻只佔林靜生命中的一小段時間，但留下一個生命。

她跟前夫有一個小孩，在她離婚後，小孩的監護權歸前夫，林靜擁有探視權，而檔案上很清楚的寫著，這個小孩的名字，就叫簡家杰。

周行想，天底下總沒有這麼巧合的事情，而且在殺人這件事上，特別不會有什麼巧合，全都是愛恨情仇。

尤其是他打給林靜的前夫簡成夫時，簡成夫告訴周行，簡家杰在即將上小學的前一年，在游泳池意外溺水死亡。周行更知道，這一切絕對不是巧合！

而是一個母親，在十年後，帶著熊熊怒火，設下重重陷阱的精緻復仇。

周行把剩下的建檔工作交給熊維平負責，他隻身抵達簡成夫給的地址，他有預感，他們可以透過簡家杰的案子，建立柯子建的犯罪模式。

柯子建這麼多年，從來沒有被抓過，或許那個犯罪模式不是特別輕巧，但一定令人意想不到，或者就藏在極其難以辨認的地方，像一片假葉子，黏在森林裡。

簡成夫在台北開牛肉麵店。

周行與熊維平到的時候，剛好是中午，但簡成夫在外頭貼上今日臨時公休的紙張，他一個人坐在內用的椅子上，沉默地抽菸，滿室都是煙霧，朦朦朧朧地遮住他的身影。

周行也點起菸，火光在指尖燃燒。

熊維平咳了幾下，拿起錄音筆，仍然負責記錄。

「抱歉，還是要麻煩您重頭說一遍，關於簡家杰的事情。」

簡成夫點頭，眼神飄遠，回到那個讓他一輩子痛不欲生的時候。那年宛如地獄的夏天。

那一年，是簡家杰上小學前的最後一個夏天。

林靜與簡成夫離婚後，兩人都在台北打拚，林靜一直很努力地賺錢，希望能把簡家杰接到身邊來，即使簡成夫並未如此打算，但他也沒有明確地澆熄林靜的希望，直到簡家杰即將上小學之前，兩人終於坐下來好好的談這件事情。

簡成夫告訴林靜，他已經撫養兒子六年，他不可能讓兒子離開身邊，但他可以做出一點讓步，比如每年的寒暑假都讓兒子跟林靜一起過。

就像在今年九月開學前，他可以讓兒子跟林靜住幾個月，這是他目前所能做出最大的妥協。

林靜很失望，但仍然接受。

簡成夫的經濟比她好，她也不希望兒子被大人撕裂。

因此她決定那個暑假，她要帶著兒子到鄉下去住，那是她一個遠房表親的家中，有很綿長的田埂可以奔跑，有很多的昆蟲可以抓，有很多的樹跟花。

這是林靜認為能給兒子最好的禮物。

她在鄉下的超市上班，這幾個月內，簡家杰在小學旁的私立幼稚園念書，林靜會在下課的時候去接他，母子倆一起走路回家。

簡成夫來探望過兒子兩次，簡家杰都顯得非常開心，小男孩嘛，總是喜歡玩耍，這裡有無數的玩具，還有很溫柔的媽媽，小男孩對母親的孺慕簡直是沒辦法割捨的。

簡成夫以為這會是簡家杰一段美好的回憶。

卻沒想到，這是簡家杰生命的終點。

意外很快發生，因為超市長期缺人，通過試用期的林靜，開始被迫加班，等不到她來接自己下課的簡家杰，找到新的方式打發時間，他會在幼稚園旁邊的小學遊蕩。

鄉下地方，大家對孩子還是很放心的。

警衛會笑瞇瞇的給簡家杰糖果吃，叮囑他跑慢一點，小心不要跌倒，可以待在操場，但不能去教學大樓。

林靜下班趕到的時候，通常簡家杰都在沙坑裡堆沙堡，自得其樂地伴家家酒，他非常喜歡這個遊戲。

林靜起先加班時會非常著急，很擔心兒子一個人會發生危險，但幾次之後，看到兒子都在學校內自得其樂地玩沙，附近還有警衛會幫忙看著，她的戒心慢慢鬆懈。

事情就在這時候無可挽回。

有一天，加班後的林靜，卻哪裡都找不到簡家杰那幼小又精力充沛的小小身影。簡家杰不在沙坑，也不在操場，更不在溜滑梯裡，值班的警衛那天剛好不太舒服，在警衛室睡著了一會兒。

林靜找到簡家杰的時候，他漂浮在國小的游泳池裡，身上還背著小小的書包，但毫無氣息。他死了，溺水死亡。

林靜沒辦法接受，當場就崩潰。

事後偵查，游泳池裡唯一一支監視器拍到的畫面，簡家杰搖搖晃晃的在游泳池旁行走，他看起來有點恍惚，神情迷惑又天真，然後他掉進游泳池，像小獸般在裡頭撲騰，直到他失去力氣，浮在水面上。

法醫驗屍的結果，簡家杰對抗組織胺過敏，形成眩暈反應。

而抗組織胺的來源，警方在簡家杰的書包找到了。

是一罐常見的感冒藥水，通常用於過敏以及消除感冒症狀，副作用是嗜睡——簡家杰那幾天感冒，林靜帶他去鎮上的藥房購買這種成藥，交代給幼稚園的老師餵藥，卻沒想到簡家杰對這種藥物過敏。

當天放學後，他起了過敏反應，神智不清的半睡半醒，因此掉進了游泳池內。這個案子以意外結案。

林靜跟簡成夫從此形同陌路，沒再聯繫過任何一次。

「但我們現在知道這不是意外。」

周行把柯子建所收藏的照片，拿給簡成夫看。

簡成夫坐在木椅上，把頭埋在手心裡，沉默了好一陣子——周行都以為他再也不會抬起頭來，再也失去所有精力時，他才抬頭直視著周行，「我要讓他付出最大的代價，我想殺了他！」

簡成夫咬牙切齒，怒火從眼裡竄出來，幾乎把眼珠燒灼。

周行沒對這番宣言作出評論。他只是站起來，按著簡成夫的肩膀。

「我想，你的前妻林靜，已經做了你想做的事情。」

第八章

SECTION 8

周行這邊確立柯子建的犯案模式。熊維平那頭也把杯子上的人名與個人資料建檔完成，最後形成一個龐大的檔案，他們一一通知被害兒童的家長，來到警局接受偵訊，一時之間警局人聲鼎沸，經過仔細的訪查後，終於建立起柯子建這十幾年內的犯罪軌跡。

簡家杰並不是第一個受害者。

這種感冒藥水十分方便購買，很多藥房都會出售。而且兒童總不免有個什麼流鼻涕、發燒之類的症狀，不少家長都曾經自行準備這類的藥物給孩子使用，而這類的藥物多數都有一個共通的副作用：嗜睡。

而柯子建與孩子們都建立良好關係，甚至也是家長們的好幫手，如果孩子臨時生病，家長沒辦法到學校去接回來看醫生，柯子建都會很願意幫忙，他說自己既然是游泳隊的教練，就該把學員當成自己的孩子。

因此幾個家長的供詞一致，他們都曾經讓柯子建幫忙照看過小孩，甚至對此很感激，原本因為生病發燒而哭鬧不休的孩子，都會在柯子建到來之後乖乖養病，讓父母能夠安心地回到工作上。

柯子建也曾推薦這款感冒藥水給幾個家長過。效果很好，孩子感冒就是要多睡覺，才好得快。

他是這麼說的，幾個家長也欣然接受柯子建的建議，孩子很乖巧地在病中熟睡，感冒真的飛快痊癒。還有家長拿出手機照片，說這是當初柯子建推薦時，拍給他們的照片。

照片裡的感冒藥水，跟簡家杰當初服用的感冒藥水已經不是同一個包裝，但成分相似，作用相同，副作用也一樣。

周行根據這個線索，讓員警們到柯子建住家附近的藥房進行盤查，柯子建很細心，避開大馬路的藥局，但他沒有走太遠，就在他家後面騎車十五分鐘左右的距離，員警拿著柯子建的照片，確認老闆娘的確見過這個男人。

他一個月前往購買一次。一次一罐，那裡的藥局是私人經營，沒有連鎖藥局的會員紀錄，也不用因為推銷活動而留下聯絡方式，柯子建總是指名要這款藥水，戴著眼鏡的藥局老闆娘，就會把眼鏡推到頭頂上，然後從櫃子裡拿出來。

只有一次，她起了點疑心，詢問柯子建，家裡的孩子是不是常常生病？

柯子建很流暢地跟她說，這款藥水治療成人過敏也很有效。藥局老闆娘想想也是，從此之後，如果沒有存貨，還會預先替柯子建留下一瓶，避免柯子建上門時買不到藥水。

在偵訊藥局老闆娘時，水上健身會館那邊，也同步進行大規模的監視器影帶搜尋，以建立柯子建在整個會館內的移動軌跡跟做案手法。

從監視器影帶中，他們發現柯子建每周上完課之後，會假裝先進入員工休息室，再趁著大家不注意時離開，躲到淋浴間的廁所裡，等待孩子們洗澡、換衣服。

他們在淋浴間內發現門上細小的偷窺孔。

這也能解釋，為什麼林靜能在員工休息室內，自導自演與柯子建的做愛過程，因為柯子建根本不在休息室內，林靜抓準這個機會，演出一場好戲——周行向救生員們全數再度確認過，大家都只有聽見林靜的呻吟聲，而沒有親眼見過。

偷聽是一回事，偷窺就是犯法吧！他們振振有詞地說著。

只是在他們不知道的地方，他們的同事正恣意地偷窺著孩子們，為了自己的私慾，完全罔顧法律的界線。

但即使柯子建如此頻繁地偷窺這些年幼的孩子，他的馬克杯數量仍然不斷增加。他克制不了自己的慾望，他被家庭驅逐，沒有親密的交往對象，沒有追求的目標，他拋棄一切的情感需求，只為了滿足自己的慾望。

但這個慾望，卻謹守著柯子建自己的界限，他沒有性侵那些孩子。

周行自認，他還是無法真正理解柯子建的想法，但這抹除不了，柯子建違背這些孩童的意願，侵犯他們的身體自主權，以及他讓簡家杰溺死的罪責。

柯子建輾轉換過幾間游泳池，期間都沒有什麼不良紀錄，多年前那樁簡家杰的意外命案，從頭到尾也沒有牽扯到柯子建，他當時就在那間小學擔任夏日泳池救生員，但當時泳池沒有開放，他也沒有上班，壓根沒有人懷疑到他身上。

一切就像意外一樣。掩人耳目。

但柯子建手上有簡家杰的裸照，還珍而重之的做成馬克杯收藏起來，這就代表一切根本不是意外。

根據照片的背景陳設判斷，柯子建當時很可能讓簡家杰喝下感冒藥水後，在更衣室內展開他的拍攝計畫，得手後就迅速離開游泳池，把簡家杰獨自留在那裡。

柯子建可能以為簡家杰的家人很快會找來，但他沒有想到，簡家杰對感冒藥水過敏，反而昏昏沉沉的醒來，無法控制肢體跟意識，一離開更衣室，就掉進游泳池。

十年過去。

當林靜再次見到他時，他沒有認出對方。

周行無從猜測，柯子建當時犯案之後，曾經偷偷的躲在遠處看過這個傷心欲絕的母親嗎？還是他只是耳聞有這件憾事，但卻從未接近過家屬，把自己撇得一乾二淨，甚至連林靜的臉都沒有見過。

如果是這樣，多年後，柯子建就失去一個機會，發現林靜就是那個傷心欲絕的母親，也失去對林靜有所戒備的可能。

林靜既然對柯子建有著這麼大的仇恨，她絕對不會把自己生命中最後的請求交給對方，換言之，她是拿自己的命，設下重重陷阱。

起點是她這生的摯愛，終點也是。

她從未忘記過自己是一個母親。

這些事情，在周行打開簡家杰的塔位小門時，全都獲得證實。

骨灰罈的門上，簡家杰面對鏡頭笑得天真無邪，彷彿全天下的好事情都會讓他一輩子慢慢遇見。而這才是一個母親想要看見的樣子，絕非柯子建收藏的在馬克杯上的樣貌。

骨灰罈上方，放著一封信。

並未指明給誰，沒有收件人，也沒有確切向誰訴說的意思，但周行很清楚，這是一封給他的信。更正確地來說，是給予那一個能夠走到這裡的人。

這是一份懇求。林靜的懇求。林靜很清楚，那個能夠走到這裡的人，想必已經發現事實的真相，知曉她精心謀畫的陷阱，也掌握簡家杰之死的真正原因。

但她還是想懇求，哀求對方做出真正的選擇。

周行展開信。

他害死我的兒子。

而這件事情，我一直到我生命將盡之前才知道。

他在我面前展示手機裡照片的樣子，彷彿他擁有他們。

我一眼就認出我兒子的樣子。

他每次只帶幾張照片來，聚會過後就燒掉，我沒有證據。

即使報警，也沒有人能將他繩之以法。

我決定我自己來。我的生命即將走到盡頭。

但我還有最後一點時間，足夠把他拖進地獄。

這是他的錯，他必須為此付出代價。

他害死一個六歲的小孩，也毀了我的一生。

林靜真實的字跡出現在周行眼前的紙上，在她得知罹患絕症的時候，本來想透過雷光的小團體，找到一個可以協助她自殺的人，但她卻意外在那個背離者的聚會上，看到柯子建帶來分享的照片——

柯子建擁有永不消逝的馬克杯，可以無數次地翻拍，再刪除，他心愛的收藏可以分享，卻不會外流，沒有人會發現。

柯子建會在那麼多的收藏內，在那一天挑中了林靜的兒子，帶過來聚會分享，恐怕只能用命運兩個字解釋。林靜認出自己兒子的樣子。她因此設計了如此精巧的復仇。

她知道柯子建會向警方大聲喊冤，但柯子建也有自己的秘密，而她埋下一個又一個的假線索，會讓警方認為柯子建的確是她男友、是恐怖情人、是殺害林靜的真兇，而柯子建為了保護他的秘密，最終會願意伏法。

她不認為自己有錯，柯子建的確是真兇。

周行把信輕巧的摺疊起來，放在胸前，重新關上塔門，骨灰罈上簡家杰的笑容依舊，無憂無慮，但他的生命已經到了盡頭，再也沒有機會遇到更多好事，他的人生，在那個夏天，已經被柯子建結束。

周行撫摸著胸前的信，感受到刺痛與絕望。作為一個父親，他可以理解這種想復仇的心情。如果是他的逸萱被如此對待，那這種復仇的火焰，將如烙鐵般在身體裡，片刻不得安息。

周行陷入選擇，要不要把信交出去？前後都是地獄。

※※※

周行突然出現在前妻李雪京的娘家。

「很抱歉，我知道我沒有先跟你說。」

周行扶著門框，李雪京似乎被他嚇了一跳，兩人協議離婚後，通常他要過來都會先通知李雪京。

「但我忽然很想看看逸萱。」

李雪京點頭，讓出通道。她看懂他臉上的表情，那是一種急切的需要獲得平靜，想知道自己在什麼地方，也想知道自己為何存在的神情。

「她在她房間裡玩。你自己上樓吧！我還在工作。」

離婚後，李雪京跟公司申請遠距離工作，雖然不是每天都不用到辦公室，但至少能陪周逸萱的時間多一些。雖然取而代之的是無止盡的視訊會議，跟加倍證明自己能力的壓力。

周行踩著木製階梯慢慢上樓。

這裡是李雪京娘家，他以前也常來，算是熟門熟路。只是離婚後就比較少來，因為岳母一方面還在生他的氣，一方面又希望李雪京趁著年輕，趕緊找個願意疼愛小孩的對象再嫁，因此周行就很少過來了。

他走到二樓長廊底部，這裡是邊間的小房間，擁有最好的採光跟通風——現在是周逸萱的房間，他本來要直接推開門，卻沒想到聽到周逸萱稚聲嫩氣的大喊著，「你們都不准動！」

他有些好奇，悄悄推開門縫，女兒才五歲大的臉孔，一臉認真的抓著一個樂高的警察人偶，指揮著前排的交疊在一起的猴子跟兔子玩偶。

周逸萱抓著警察，煞有其事的排解糾紛。「打架是不好的行為，快點跟對方道歉，不然要被我爸爸抓到警察局喔！」

她左手拿著猴子，右手拿著兔子，彬彬有禮地互相鞠躬。

接著她又忽然叫一聲，「車禍、車禍！」

警察再次出場，排解松鼠跟企鵝撞成一團的車禍，警察很快給出指令，「我是警察周行，松鼠先生你不可以闖紅燈，你要賠償企鵝小姐車子的修理費！」

動物玩偶們聽命，交通恢復順暢。

接下來還有抓小偷、大樓失火、尋找失蹤貓咪等等的戲碼。

周行站在門邊，聽見自己的名字不斷出現，他不自覺地眼眶紅，眼前的小女兒，他寶貝的小女兒，竟然不斷地模擬他上班的情況，她拿著警察人偶滿天飛，她是多麼的為自己的父親驕傲，她認為自己的爸爸無所不能，是這個世界的英雄。

但她不知道真相。

如果她知道之後，能夠接受嗎？

「她老是纏著我們問，爸爸在上班的時候都在做什麼，她還會自己去翻百科全書，在路上看到警察叔叔就想跟人家聊天，問人家認不認識你，現在路口的交通警察看到她就怕。」李雪京站在他背後，悄聲的開口。

「她編的這些，有些根本不是我的業務範圍。還救火呢……她連她爸不是消防隊都搞不清楚啊……」周行的眼眶越發濕潤。

小女兒這麼笨該怎麼好啊？以後會不會被壞人騙走啊。

「她不知道她爸爸在幹什麼，但她把你當成她的英雄。」

「我……」

「周行，我知道你不想跟我談，但為了逸萱，我連離婚這種爛招都用上。」李雪京流露出痛苦的神情，她低聲下氣，希望周行不要再把她拒於門外，「到底一年前發生了什麼事情？你從那之後明顯的不再開心，你曾經說過，要永遠陪著逸萱長大，什麼事情讓你放棄了？」

李雪京拉上周逸萱的房門，逼迫周行直視著她的雙眼。

周行嘴唇囁嚅，還是不知道怎麼告訴前妻，自己是個殺人兇手。

「如果、我是說如果，我做出無法讓逸萱認為我是英雄的事情，我想拜託你——不要告訴她。」周行低下頭，心裡滿是對自己的厭惡。「我希望我在她心中的形象，一直都這麼好。」

「周行。」李雪京對他搖頭。「你還是搞不清楚，你是誰，做過什麼事情，對逸萱來講，根本不重要，她愛你、在乎你、模仿你，是因為你是她爸爸，是她人生中的巨人，就像她小時候剛開始學走路一樣，你會牽著她，為她擋去一切危險。」

「我怕有一天她會因為有我這個父親而感到羞恥。」

「你是她的榜樣。不管你做了什麼，你做錯了什麼，你都要盡力找機會彌補，你要教給她的不是一帆風順的人生，而是如何面對自己，面對這世界上所有最困難的問題。」

周行看著前妻平靜的眼睛。他想起很多事情，他牽著李雪京走進禮堂之前，李雪京很緊張，但仍然牽著他的手，低聲在他耳邊說，以後我們生死與共。

還有周逸萱剛出生的時候，醫生想把周逸萱抱給李雪京，李雪京卻搖頭拒絕，示意讓周行先抱到女兒。她說，爸爸跟媽媽一樣重要。

周行深深吸一口氣，忽然一股衝動，讓他緊緊擁抱李雪京。

他們之間已經很有沒有肢體接觸，李雪京把她的臉頰靠在周行胸前，有想要流淚的衝動，但幾秒後，周行還是推開李雪京，獨自走下樓梯，罔顧身後李雪京喊他的聲音。

李雪京伸出手，但又頹然地放下，她慢慢蹲在地面上，沉默地流淚，她曾經試圖把周行從沉默中拉出來，但她只發現周行把她們母女越推越遠；她果斷帶著女兒離開周行，希望成為周行復元的動力，但現在周行仍然將她推開，她到底要怎麼做，才能找回周行？

周行不是不知道李雪京的淚，但他罪惡得無法面對，他沉默地快走，直到他上車，駛離李雪京的家一段距離後，他才停在路邊，把自己的前額靠在方向盤上。

他真的能夠彌補嗎？

他做錯事情，但他能夠放棄現在的所有，就為了彌補那個過錯嗎？他可以裝作什麼都沒發生，事情已經過去，一年了，不會有人再回來追究他，警內報告也已經下來，他沒有任何責任，不用因此而內疚。

但他知道事情不是那樣。

他沒有說出最核心的真相。

他因此而感到痛苦。

他把臉埋在方向盤裡，明明車內冷氣充足，他卻有著窒息般的痛苦，他彷彿被罪惡與未來反覆擠壓，連骨頭都在疼痛。

而這時，廣播裡傳來 Pink Dream 隊長金珠熙即將退休的新聞。

是周行最喜歡的那個少女團體。

自從他發生用槍意外後，他就以沉迷 Pink Dream 作為藉口，不再積極查案，也把李雪京跟女兒都推開，他跟李雪京都很清楚，Pink Dream 只是一個他的殼，他的偽裝，他並非沉迷到遺忘外界的所有事情，而是把自己完全沉浸進去，他無時無刻放著她們的歌、影像，沒有任何空檔可以跟家人交流。

而這也是徹底激怒李雪京的原因。

周行太害怕被看穿自己的脆弱，只好展現出自己積極追求心愛事物的模樣。但無論周行多麼沉迷，少女團體之所以名為少女，就是有其年限。

她們不可能永遠站在台上，隨著時間與歲月過去，所謂的少女，只會成為一場笑話，這是演藝圈嚴苛的地方，也是美好的地方，萬事萬物皆有保鮮期，永遠有新鮮的臉孔來滿足大眾。

這屆的隊長金珠熙，作為歷屆隊長中人氣最高的女明星，公司方光是一放出她即將退休的新聞，就讓諸多粉絲群情激憤。

粉絲們在公司的官網上連署，還自發性發起一波又一波的支持活動，希望金珠熙能夠繼續帶領團隊，帶給粉絲更多美好的歌曲。

粉絲們的狂熱支持與抗議聲浪，讓公司們甚至改變主意，要打破歷屆的規則——年滿二十歲的團體成員，就必須退團，終身不得再參與演藝事業，也就是宣布退休。

這是非常嚴格的規定。幾乎掌控成員的一生。

她們在十二歲時接受訓練，十六歲時登台演出，二十歲前就必須退休，她們的歌唱生涯如花般短暫，只有短短四年，留給外界的就是一屆又一屆的代碼跟名字。

但因為金珠熙的人氣高漲，粉絲完全不能接受隊長退隱，粉絲的力量迫使公司對外聲明，願意讓金珠熙繼續留任隊長，直到兩年後新隊長上任為止。

但金珠熙拒絕接受。

她在攝影機前面，含著淚光向粉絲們拒絕大家的支持。

我知道這是大家愛我的心。

但規則就是規則，Pink Dream是如夢般的存在，我們制定出很多規則，才能向大家傳遞我們真實想要說的話，我們想要給這世界上最痛苦的人心溫暖，最黑暗的地方發散光亮，最冰冷的地方送上熱情，這麼不可能的願望，就是因為嚴謹的規則，才能一屆又一屆的傳遞給你們。

你們如實的收到我的歌聲，我非常感動，但如果破壞了規則，屬於Pink Dream

的這個世界就將會隨之傾覆，不再存在。

謝謝大家的愛，因為我們共同的夢想，所有人一同遵守，這個規則才有意義，Pink Dream 才有意義，因為規則，我們守護的東西才能存在。

如果我破壞了規則，我們想傳遞的愛將成為幻影。

我是金珠熙，Pink Dream 第十二屆的隊長，我愛你們。

廣播電台的主持人，如實的翻譯金珠熙在鏡頭前所訴說的全文。

她說的這些話，也一個字不漏地鑽進周行的耳裡。

他一直知道，Pink Dream 是一個販賣熱情與夢想的明星陣容。讓他能夠暫時沉入其中，只要觀看美好的東西就好，但他不知道，即使是虛假的東西，也有著如此殘忍的規則。

因為規則，我們守護的東西才能存在。

金珠熙的聲音在他心裡，久久不散。

他知道林靜的案子該怎麼做了，他也想得很清楚，法律也是人類制定的規則，只有回到規則裡，這樣他守護的世界才有意義，也是他唯一能彌補的方式。

※※※

今天開庭，周行跟熊維平一起坐在證人席上。

柯子建又再次被拘提出庭，他脖子上的傷口還沒好，繞著一圈刺眼的白色繃帶，同樣神情萎靡，只是有鑑於上次的突發行為，這次他身旁的法警神情專注又戒備。

法官已經看完新呈上的證據，當場跟檢方一一裁定證據的正當性跟可信度，多數的證據都被認可使用，書記官條列式的打在螢幕上，全都確認無誤。檢方與柯子建的辯護律師也已經相互詰問完畢。

看起來大致底定時，法官決定傳喚周行。

法官拿出最後一項證據，林靜放在兒子骨灰罈上的信。

「我想聽聽周行警官的想法？」

今天被檢察官通知出庭，早有準備的周行，在證人席站起來，他的神情平靜，已經準備好要陳述想法。

「庭上，如檔案所說，這封信是在簡家杰的靈骨塔位內發現的。」

「上次呈交過來的相關事證，跟這次你們所送來的證據，幾乎是呈現相反的立場。而這封信，我相信你應當能夠理解死者的意思。但為什麼？我想知道，你做為承辦此案子的一員，對於這個案子的看法。」法官摘下眼鏡，揉揉眉心，「你的推論，我的判斷，將會導致完全不同的判決。」

「我很清楚庭上所說的這件事情。」

「那什麼讓你改變立場呢？這是一個一體兩面的案子，我們擁有完全相反的兩種證據，兩名加害者，或者兩名被害人。到目前為止，我們似乎得知真相，但沒有直接證據，只有死者與被告之間的糾葛，一切都是推論。」

周行看著被告席上的柯子建。柯子建仍然沉默，對外界毫無反應。

周行心裡不是沒有過掙扎，柯子建害死過一個小男孩，他卻沒有收手，繼續以同樣的方式犯案十年，只為了滿足私慾，繼續製造那一面牆上的馬克杯。他應當為此付出代價。但不是以謀殺罪起訴他，不是以謀殺的罪刑定罪。

娛樂、文明、法律，有時候是相同的東西，依循著人類制定的規則而存在，規則會隨著時代的演變而不斷改變，但如果沒有人願意遵守規則，那他們相信的世界，相信的正義，將不復存在。

周行曾經從規則中逃脫，但帶給自己的只有懊悔與痛苦。他明知道不可為而為之，還擅用職權。用槍意外，只有他自己知道並非意外。

「我的立場沒有改變。」周行把目光從柯子建身上移回來，直視著法官。「我掌握多少的線索，查到多少的證據，就幫助我更往前一步，直到推論出真相，供法庭參考。」

「你目前提交的證據，會讓我做出與之前開庭時，完全相反的判斷。」兩次開庭，得到兩種完全相反的證據，即使是審理過上千件案子的法官，也有些不敢置信。

「是的。」周行垂下眼眸，略帶痛苦地回答。

「簡家杰的案子已經經過十年，我們沒有任何證據，除了一張轉印過的照片，我們很有可能根本沒辦法成立案子。」法官嚴肅的重申。「柯子建很有可能獲判無罪。」

周行點頭，「我很清楚。我考慮過一切的可能性。」他深深地吸一口氣，讓自己能夠冷靜地說完接下來的話。「作為一名警察，我嫉惡如仇，但……法律是一種規則，沒有灰色地帶，不同的罪行，有不同的刑罰，這是規則。法官，這是我們共同制定出來的，我們應當共同遵守。」

「你說的沒錯。法律是一種規則，我們不能因為私人喜好而破壞，我理解你的意思，我們下次開庭再討論這件事情。」

法官宣布今天到此為止，法庭內的所有人起立，周行則轉身走向出口，他看也不看柯子建，他不知道柯子建心底現在的想法是什麼？是為了能逃過謀殺罪而慶幸，還是因為收藏品全數曝光而痛苦？但這已經跟自己沒有關係，他做為一名警察，這是他應盡的責任。

裁決之類的事情，交給法官吧。

周行走出法庭，外頭的陽光耀眼閃耀，夏天又到了。

庭審的結果不會這麼快出來，至少還要開庭數次，讓法官、檢方、律師再次來回詰問，才會向外宣判最終判決。

所以法官才會說，柯子建最後很有可能不會獲得任何罪刑，因為即使是法庭，也不是法官可以僅憑一己之力主導的地方。

但這一切，周行已經絲毫不在乎。

※※※

同樣的，柯子建也不太關心結果了，從他看見周行把所有的馬克杯照片送到法庭，做為證物的那一瞬間，他就失去繼續活下去的渴望。

他不僅是失去自己所有的收藏，即使出獄之後，也會揹上更生人的標籤，他無法再低調行事，找到一個安穩的地方，重建自己的收藏之牆。他再也看不到那些漂亮的身體。

但如果從頭來過，讓他回到高中時第一次犯案的夏天，他恐怕還是會繼續下去，以同樣的方式展開人生，選擇同樣的道路，當然，簡家杰的事情是他的錯誤，他應當為此負責。

十年後，因為一個母親的怒火，而讓他一輩子想掩蓋的秘密曝光，他也無話可說。

只是，他很偶爾地會想。

當林靜看到她兒子的照片，出現在讀書會上，（當時自己還不知道那就是她兒子），讀書會後她主動要求來自己家裡，找自己談話時，他如果更狠一點，更不顧一切，是不是就能夠避免自己一腳一腳的踩進陷阱裡。

那女人一開始來到讀書會，她想要的，只是一個解脫。

他只要狠下心把林靜掐死，然後分屍，學著像雷光那樣慢慢煮食著吃——雷光的秘密，沒有他自以為隱藏的那麼好——或許現在的一切都不會發生。

他並不是畏懼殺人。

而是更畏懼暴露秘密。

他才會選擇加入林靜的計畫，他才願意被林靜威脅，他想自己只要滿足這女人的需求，讓她安安靜靜的在冰櫃沉眠，他與他的收藏就能安然無恙。

他早該想到，為什麼林靜會對那些照片反應這麼大，為什麼林靜如此仇恨他的所作所為，他只要再深想一點，就會發現……

啊！原來這個女人曾經是個母親。

但他當時沒有深想。

他太害怕，害怕自己的秘密跟收藏曝光，因此而聽從於林靜的計畫，討論著自以為周全的環節，他們很縝密地籌辦一切，阻斷任何可能發現林靜死後會被發現的可能性。

但他壓根沒想到，這女人能拿自己的命來引誘他上鉤。

即使那是一條垂垂老矣，快死的命。還是讓他掉入陷阱。

從他殺死林靜的那一瞬間，他失去自己收藏品的時鐘就開始倒數。

他一掐死林靜，陷阱就開始啟動。

接下來的日子，他內心反覆播放著林靜偷偷錄下來的錄音檔。

做為證據，他在法庭上聽得一清二楚，但那個不是完整的版本，不是他們當時完整的對話，只是真相的一半，而這一半，差一點誤導所有人，讓他以殺人罪嫌被起訴。

直到那個叫做周行的警察，如同初次見面時，答應自己的，將會找出真相，才把另外一半挖掘出來。

不，但他一點也不感激對方，現在這樣對他來說更是酷刑。

他即使可能從殺人罪嫌中逃脫，他仍然失去他最愛的一切，林靜與周行，還有外面的那些人，不會懂的。

他不是逃過一劫，他是失去所有。

總歸來說，他已經被林靜拖入地獄。

你就這麼相信我嗎？

妳這是什麼意思？

你這個變態！你根本不應該活著，我要立刻報警！

妳、妳背叛我！

這麼噁心的事情誰可以忍受啊！

我要殺了妳！

你敢？

你不要逼我！

很好，這是最正確的選擇，死人是不會說話的。這樣你與你的寶貝們，才能永遠安然無恙。

妳到底想要我做什麼……

結束我的生命。我會留下遺書，告訴警察，我是自願讓你殺了我。只有我死了，你才能放心，才不會失去一切。

這才是當時的真相，這才是他們當時的所有對話。

他受騙上當，他做了那女人策畫的所有事情，他卻仍然失去一切，他最寶貴的愛與慾，全數都灰飛煙滅，他再也看不到他們一眼，光是想到這裡，他就只想拚命、拚命地大叫。

這一刻，他終於想通為什麼林靜要大費周章的設下陷阱。

因為林靜其實比所有人都了解他。他並不懼怕死亡，也絲毫不擔心失去工作、金錢，他只恐懼自己收藏的東西會被剝奪，他很害怕自己的秘密會攤在陽光底下，他永遠沒辦法抑制自己的性慾，永遠不可能收手，但林靜以生命編織而成的兩條道路，乍看之下一邊是真相，一邊是正義。

但對他來說，只是失去生命跟失去收藏與秘密的差別。

即使出獄之後，他也將永遠被貼上性侵犯的標籤，他會在社會的眼睛下活過這痛苦不堪的一生，他再也得不到屬於他的自由時光。

這就是林靜不直接殺死他的原因。

即使有再多的機會，林靜都要他在身不由己的命運裡走上這兩條路。

他不管走向哪裡，都是死路。

他不知道周行有沒有看穿這個陷阱？他只知道自己徹底失去此生。

※※※

今天晚上，周行跟熊維平約在熱炒攤碰面。經過柯子建的案子，兩個人對彼此的成見也消融許多，今天約這一場，不算慶功，算是一個了結，了結柯子建的這樁案子。

或許他們永遠得不到真相，畢竟聽說柯子建再也不肯開口說話，但他們已經盡力，他們找出所有能夠找到的線索，交織而成最接近真相的一幅拼圖，但事情的細節究竟如何，他們也無從得知。

他們只能沉默地喝著啤酒，直到熊維平先開頭。

「協助自殺的罪刑比謀殺罪輕很多。」

「我也這樣覺得。」周行贊同的點頭。

「這樣放過他太便宜。」

「我以為你不是贊成私刑的人。」

周行啜飲一口冰涼的啤酒。

「我的確不是。」熊維平也喝，然後皺眉，他因為爸爸的關係，下意識的討厭酒精，今天是他第一次喝酒，體驗算不上太好。「但我覺得太便宜他。」

「沒辦法。」周行拿過熊維平那杯，「不然你去修法，把戀童癖改成唯一死刑。」

周行看著熊維平皺眉認真思考的樣子，又忍不住笑出來。「開玩笑的。不能因為偏見，而修改刑責。」周行笑。

「我沒有在想那種事情。我只是覺得……你似乎放下了什麼？看起來輕鬆許多。」

「這麼敏銳？有當刑警的天分。」周行沒有正面回答。「有時候我很羨慕你。」

「我？」熊維平不能理解。

「嗯。你很清楚自己的位置。你有你的信仰，你對於警察的價值，老實說，即使是我當年剛從警專畢業的時候，身上都沒你這種光芒。」

「你不是教訓過我，世界上不是非黑即白的嗎？」

「不。你的想法才是對的。」周行搖頭，又大口灌下啤酒。「說什麼灰色地帶啊，只是給自己空間，給自己猶疑的藉口，讓罪惡感孳生的土壤。」

「我其實有把你的教訓聽進去。」熊維平把杯子搶回來，猛地灌一大口，他的父親獅子大開口向被告勒索，他的母親收下染血的封口費，他因為那筆錢才能生活無憂，理直氣壯地考上警察大學，還以為是自己天資卓越，才能表現突出。

事實上，他是靠著那筆髒錢活到現在的。

他為什麼視而不見呢？明明很容易就可以看穿的。

父親當刑警的薪水不算太高，又常常喝酒賭博，家裡一開始並沒有過著太優渥的生活，母親明明常常為了錢跟父親吵架，但為什麼父親死後，家裡的環境就忽然轉好呢？

他們能在台北置產，母親從來不用出去工作，他的學費跟生活費一直不虞匱乏，他的一切衣物跟家居用品，都是母親置辦，曾經有同學說過，他是天生的衣架子，很會穿衣服，但他應該要知道，這是因為他身上的衣服都是名牌服飾。

他對這一切視而不見，逃避這之中的黑洞，但他早就應該察覺，是他不想面對，才會欺騙自己，以父親的死作為疑點，支撐自己繼續往前。

他又有什麼資格，堅持自己非黑即白的信仰，又有什麼權利痛恨父親，跟隱瞞這一切的父親同僚。

熊維平痛恨自己，因為他才是既得利益者。

「上次你偷用我的帳號吧？」一直灌著啤酒的周行忽然開口。

「你怎麼知道？」

「調閱檔案是會有紀錄的，我沒事去翻跟我沒關係的陳年舊案做什麼？你動我帳號的隔天，監察人員電話就打到我這裡來了。」

熊維平老實地點頭。「對不起，有些文件被鎖住，我的帳號無法調閱……」

「小事。」周行擺手，「但你想查什麼？」

「已經不重要了。」熊維平搖頭，拒絕談論這個話題。

「你是熊凱山的兒子吧？」周行夾起一塊松阪豬肉，放入嘴裡嚼，「你想查什麼，你爸的死因？」

「你怎麼知道？」熊維平驚愕。

「你看的第一份檔案就是他的屍檢報告，你不想查他的死因，難道你想瞻仰遺容？」周行咂嘴笑出來，查完案子喝杯啤酒就是爽，這時候最好再來場球賽，他有預感，今天可以一夜好眠，不知道看守所的床好不好睡？

「反正不重要，他死都死了。」熊維平不自在地說著。周行注視著他的眼神，讓他有種自己是罪犯的感覺，「他是不是我爸，跟我是不是刑警，沒有一塊錢的關係！」他的聲音大聲起來，臉色酡紅。

「你這酒量還真是差勁。」周行搖頭。「但你爸那案子，有疑點。」

周行的話讓熊維平瞪大雙眼，差點打翻杯子。

「慢著點、慢著點……」周行連忙搶過杯子，「你看了你爸的屍檢報告，但你沒看他當時承辦的案子裡，被害人的屍檢報告。」

「你是說那個應召女？」

「嗯。看來你也有做功課。」周行繼續夾著七里香，塞進嘴裡，他慢慢咬著，以後可吃不到了。「應召女的具體死因是因為被嫌犯強姦時勒住脖子，窒息而死。但當時的法醫在她的體內，驗出一種沒有登記的新型毒品。」

「她的死跟吸毒有關嗎？」

「應該沒有。她的死因很明確，就是窒息，但後來這種毒品大量流入市面，即使是現在，也很讓警方頭疼。」

「那這跟我爸的死有關嗎？」

「不好說。」周行點起菸，在煙霧繚繞中，看著熊維平年輕的臉龐，這是新一代的警察啊。「你爸那個年代，的確很多刑警踩在灰色地帶，跟黑道都有一點交情，但有些老警察，把自己的轄區看作地盤一樣，有種東西，是絕對不能進去的。」

「你說的是毒品？」

「是。鬥毆、收保護費、拉幫結派，這是傳統黑道在幹的事情，有時候地下王國有地下王國的秩序，警察的確會睜一隻眼閉一隻眼。但牽扯到毒品，就沒有這麼簡單。不管是誰，都只能在毒品面前俯首稱臣，這會打破整個秩序，很多警察都把毒品看作眼中釘。」

「你的意思是，我爸可能發現到什麼，而被滅口嗎？」

「我只知道，你爸死了之後，他負責的區域，成為那種新型毒品最氾濫的地方。」

周行捻熄菸，神情輕鬆，愉快。

周行自嘲一笑。「我不知道跟你說這些，對你好不好，我只知道，有些事情永遠也放不下，忘不了。這我很有經驗。」

「我的確忘不了。」熊維平深深呼出一口氣，忽然很信賴眼前的前輩，即使他曾經看周行非常不順眼，「我查到一些東西，我爸當時的搭檔吳清水告訴我，我爸是因為獅子大開口要封口費被對方拒絕後，酒後開車失控而死。」

「你不相信。」周行沒用問句，而是肯定句。

「那一天，是我奶奶的忌日，那一天我爸滴酒不沾。」

「那你還要查下去嗎？你有可能永遠不知道真相，或者動搖一些人的顏面、利益，你只是一個剛畢業的年輕警察，要把你革職不是什麼困難的事情。」

「我……」熊維平眼神低垂，他想的不是自己的前途，而是媽媽。他很憂鬱查出的真相，會讓媽媽受傷。「他們說我媽收下五千萬，作為封口費。」

周行理解熊維平猶豫不前的原因。

「那你覺得呢？」周行晃著酒杯。「你媽有拿錢嗎？即使拿錢又怎麼樣，你媽只是收錢，又不是收賄，你還沒看到真相之前就要做決定？」

「但我爸他的確不是什麼好人。」

「就事論事，在這件事情上，他們送錢過來，就代表你爸有錯嗎？」

「……你說的對！」熊維平猛灌一大口啤酒，險些嗆到，但他硬生生吞下去。「如果他們真的殺了我爸，他們要付出更大的代價，不是錢，我要的是真相。我必須知道真相，才能做最後的決定。」

「很好，有決心。」周行猛地一拍熊維平的肩膀。對方吃痛地齜牙。「不管前方有什麼，你都要走過去才知道！這是我的登入帳號密碼，給你吧，但可能很快就會被鎖起來。」

熊維平敏銳地察覺不對。「為什麼？」

「因為這帳號的主人快要不是警察了。」周行咧嘴笑，他好久沒有這種感覺，他確定自己將要前往的地方，知道自己將要面對什麼，他終於輕鬆起來，即使他將因此失去很多，但他還能繼續往前走。

以後看著女兒的笑臉，他再也不會有一絲罪惡感。

「你要做什麼？」

熊維平不解。

周行沒有回應他，他站起身來，對著年輕警察拍拍肩膀。

「你保持初衷，相信非黑即白。別給自己灰色地帶，給自己空間，只是給自己更多選擇、更多痛苦。我們是警察，只要相信一件事情，不做越線的事情。你，才是對的。」

他揮揮手，往外走去，菜吃完，酒也喝光，差不多了。

他掏出手機，本來想打給李雪京，但一按下撥出鍵，他又七手八腳地連忙掛掉，現在說什麼都是造成人家的困擾而已，等到李雪京來探監的時候，他會好好道歉的。

他搖頭苦笑，哼著他最喜歡的一首歌，是Pink Dream隊長金珠熙的獨唱曲，謝謝你給我信心，他在心裡默念。他搖搖晃晃地前進。這裡距離警局，還有七百公尺。他終於踏上他人生的贖罪之路。

因為規則，我們守護的東西才能存在。

他想守護周逸萱和他的人生。

被周行留在熱炒店的熊維平，數次想要起身追上，但又默默坐回位置上，沉默地把剩下的啤酒一口又一口的倒進喉嚨裡，他隱約知道周行想做什麼，但他不認為自己可以阻止周行。

周行以身體力行的方式告訴他，該如何在這條遍布罪惡之花的路上繼續走下去，或許周行很頑固，很冥頑不靈，但周行才是從未放棄過正義的人。

相比之下，自己動搖的內心，因為不敢揭發罪惡，而選擇放棄，與之同流合汙的自己，才是真正的錯誤。

周行教會他，什麼是選擇。他們這樣的人，手握執法權力，一輩子與罪惡周旋，唯一的信念只有自己的心，一但想要沉淪，很快就會墮入無邊的利益當中。

但周行毫不妥協地告訴他，他們這種人，必須當有所為，有所不為。

熊維平倒起最後一杯啤酒，遙敬周行。他知道自己接下來該怎麼做。他不會與那些威脅妥協，他會追查出所有的真相，即使真相醜陋又不堪，他都要坦然面對。他把酒喝乾，看著周行離去的方向。

「前輩，謝謝你。」

他心甘情願地喊這一聲前輩。

※※※

周行哼著歌，搖搖晃晃，一身酒氣的走進警局裡。

他臉上放鬆，看起來沒個正經，卻是他這一年來，最舒服的時候。

壓在他記憶裡沉重的包袱，如今一個一個鬆開與他糾纏的死結，墜入地面，他的耳邊都能聽見墜地的節奏，還有那沉悶的聲音。他本來以為當自己再也不記得細節的時候，他就能毫無負擔的解脫，但沒想到最終的解脫只有一個方式，面對所有錯誤。

他坐在值班員警前方，對方一臉莫名其妙地看著他。這是一個年輕的小菜鳥，今年剛考上警察，分配到台北市來，聽說是屏東人，最大的願望是調回鄉下老家服務。

「周哥，你喝醉啦？」小菜鳥仔細的觀察周行，得出這樣的結論。「你要喝點水嗎？還是我扶你進去休息。」

「不用。」周行搖頭。「我要報案。」

「啊？」

「一樁業務過失致死的案子。報案人是我，犯案人也是我。」

小菜鳥嚇得猛然坐正，眼睛瞪得老大，周行笑出來，真對不起，自己快把人家嚇死啦。

「你別緊張，好好聽完我的報案，不然我還得換人重頭說一次。」

「周哥，你、你你醉了！」

「閉嘴。」周行忽然厲聲，他苦笑，要說出真相，還是需要很大的勇氣。

「你才閉嘴！」但比周行更嚴厲的聲音忽然響起。

分局長推著還在輪椅上的馬競連從裡面走出來。分局長臉色嚴肅，瞪著周行，「事情過去就算了，你要我說幾次，沒有人會從你的鑽牛角尖得到益處。法院的判決都認定是意外，難道你連自己都要毀掉嗎？」

「你給我現在下班，立刻回家去！」馬競連氣急敗壞，還想從椅子上站起來，但因為傷勢未癒，只能徒勞無功的跌回輪椅。

周行看到鐵色鐵青的分局長跟馬競連，他心裡微微發澀，有種想哭的感覺，知道自己有一些照看著自己的長官，這種感覺真不錯。但他仍然搖頭，「我只想面對自己。」

他拿起值班員警桌上的錄音筆，按下開關，開始述說那場大雨裡的回憶。

「一年前我負責的毒販交易案，因為風聲走漏，毒販搭車率先逃走，而我為了立功，不想讓騎著機車前來購買毒品的嫌犯逃走，開槍射擊他的後輪，我想把他留下來，問出毒販的消息。」

周行的目光逐漸深邃，腦海裡召喚回那天下大雨的記憶。

耳邊的雨聲淅淅瀝瀝地響起，他又重新回到那場大雨中。

那天，是他追查好久，又蹲點將近一個月，才好不容易等來的一場交易。但是因為他打草驚蛇，讓毒販率先逃掉。

他當下唯一的機會，就是抓住眼前準備與毒販交易的小藥頭，只要能問出供貨方的資訊，就能一舉破獲這個不僅在台灣製造安非他命，還出口大陸、日本的製毒集團。

周行自信槍法很好，他練習的時候幾乎百無虛發，他不用擔心射擊到要害，他只要射擊機車後輪，讓對方摔車即可，對方一但摔車，就絕對跑不掉。

他對自己的槍法真的很有自信，可是這種自信害死他。

他真的沒想到會有意外。

天雨路滑，逃跑的小藥頭又太緊張，才剛騎出去，就側摔滑行倒地，周行扣下板機的那一槍，那一發子彈，恰好直接命中對方的後腦杓，當場死亡。

當下的周行非常慌張。

他知道這真的是意外，但怎麼都說不過去，他竟然對著即將逃走的嫌犯開槍，對著毫無威脅到自己性命的對象開槍，他會被家屬告死，他會被判定為蓄意殺人，失去工作，他光是內部檢查就過不了，他這一輩子都完蛋了……

腦中轉著這些念頭的周行，聽見遠方傳來的警笛聲，心一橫，決定掩蓋這件事。

「我隱瞞這一段，我向上報告，因為他要對我開槍，我才會反擊，槍枝被他的同夥撿走，現場找不到。但我說謊，這一切都是我編的故事，他沒有槍，更沒有同夥，是我太心急，意外之中誤殺了他。」

周行說完這些，往後仰倒在椅子上，不顧眼前值班員警驚恐的神情，他只是閉上眼睛，深深地呼出胸中混濁的酒氣。

旁邊的分局長跟馬競連都頹然地坐在椅子裡。他們知道周行過不去，卻沒想到周行是真的犯下大錯。他們也曾經察覺疑點，但盲目地不願意細查，甚至在他們的授意之下，希望能以保住周行為主要內部偵查方向，但現在周行自首，什麼都無可挽回。

周行看著長官們慘白的臉，卻放鬆地咧開嘴笑。

他終於說出來了。他不只是射殺了對方，他還編造謊言。或許這個謊言並不能改變結局，少年仍然死於他的手，他同樣是因為意外而誤殺少年，但這之間的差異，瞞不過他的心。

他後來才知道，他根本誤會少年，對方不是小藥頭，也沒有在網路兜售毒品，還是一個未成年少年。

少年是第一次購買毒品，在網路上看到交易資訊，有點好奇，想試試看，卻被周行失手射殺，還編造一個有同夥、有槍械，跟可能向毒販大量購買毒品，想要分裝後對外出售的謊言故事。

周行甚至搶先一步局內的偵查人員，毀掉這些證據。

他說了一個謊，就必須用更多的謊來維持。他成為壞警察。

叛逆的少年與高壓的家裏，關係並不好，從青春期以來就讓家人傷透腦筋，家人反而相信周行，在法庭上無條件地放棄上訴權利，還認為是自己的孩子犯下滔天大錯，給警方造成困擾。

少年的父親甚至向周行鞠躬道歉。

但那一幕，成為周行罪惡感的泉源。

周行深深地呼出一口氣，他終於說出來了，感覺到被掏空般的輕鬆，他再也不會做噩夢，不用徹夜於雨中奔跑。他想去向對方上一炷香，說一句對不起，告訴對方真相。他知道對方絕對不會原諒他，但他必須盡力懺悔，懺悔之後，他的人生還可以繼續下去的吧？

周行相信可以。他付出應有的代價，向對方贖罪之後，就還能繼續走下去，他還能看見他的小女兒，他寶貝的小女兒。

這世界，因為規則而存在。而他，願意付出所有，守護這一切。

他只想換一個讓他站在女兒面前，坦蕩蕩地微笑的機會。

《我是自願讓他殺了我》後記

很久一段時間沒有出小說了。二〇一七年出了《人面瘤》，二〇二〇年出了一本與漫畫家顆粒老師合著作的《小丑醫生》漫畫，這幾年的出書量比起之前，的確少了很多，偶爾會想在粉絲專頁上跟大家分享近況，但又覺得沒什麼出版消息可說，又默默關掉頁面。不過一直以來都沒有放棄寫作，從小說家轉戰編劇，有很多收穫，也有很多淚水跟辛酸，甚至寫小說一度成為我的心魔，總想著如果寫不好劇本又回去寫小說，那我是不是編劇逃兵？又或者我把小說當成了什麼，小說不應是我的避風港，而是努力方向，總之有很多的複雜心思。

這本《我是自願讓他殺了我》卻又讓我跳脫這樣的想法。自願一書原先是我的研究所畢業創作，在幾乎純文學的科系裡，要以推理小說挑戰畢業學位，也讓我猶豫再三。但在教授們的包容下，特別是指導老師李依倩教授的一次次面談，終讓我開始進行漫長的田調之旅，在此特別感謝田調過程中，不吝對我伸出援手的警界許多人士，包括海山分局、新北市政府警察局公共關係室、汐止分局、安平分局、台中偵查大隊、警專教授曾春橋，還有無法具名的許多警官，以及在初稿時給我意見的諸多讀者。

如果說寫作小說的過程是獨立創作，但田調就是仰賴眾人的善意始能完成。如果沒有大家伸出援手，我必定走不到最後一步。自願在寫作完畢後，展開了屬於它自己的旅程：拿到了文化部的劇本推薦改編書，也交由七十六号原子進行影視改編，二〇二〇年底拿到了文化部的電視電影補助，相信在二〇二一年末或者再稍晚一些，就可以在螢幕上與大家見面。也因為這一連串在小說與影視的交互旅程，讓我擺脫了自己的心魔，也找到屬於自己的未來道路，我想一直說故事下去，不管是用什麼方法都沒有關係。

未來，將會推出更多的小說或者影視作品與大家見面。謝謝大家支持作品，我將以逢時、鄒宛臻兩個名字，持續地完成一生的志向。如果有任何隻字片語的感言，歡迎到粉絲專頁：逢時，與我聯繫，不管是多麼短暫的感想，都是創作者走下去的燃料。

最後謝謝一路陪伴我的經紀人，陳善清。

在我心中，你是所有創作者夢寐以求的陪伴者。

還有奇異果的廖總編，謝謝你們選擇這本書，讓它在奇異果完成此趟旅程的最後一站，出版成為實體書。不管走到哪裡，實體書永遠是寫作者最初與最後的夢想與眷戀。

逢時／二〇二一年初・台北

說故事015

我是自願讓他殺了我

作　　者：逢　時
美術設計：徐莉純

發行人兼總編輯：廖之韻
創意總監：劉定綱
執行編輯：錢怡廷

法律顧問：林傳哲律師 / 昱昌律師事務所

出　　版：奇異果文創事業有限公司
地　　址：台北市大安區羅斯福路三段 193 號 7 樓
電　　話：（02）23684068
傳　　真：（02）23685303
網　　址：https://www.facebook.com/kiwifruitstudio
電子信箱：yun2305@ms61.hinet.net

總 經 銷：紅螞蟻圖書有限公司
地　　址：台北市內湖區舊宗路二段 121 巷 19 號
電　　話：（02）27953656
傳　　真：（02）27954100
網　　址：http://www.e-redant.com

印　　刷：永光彩色印刷股份有限公司
地　　址：新北市中和區建三路 9 號
電　　話：（02）22237072

初　　版：2021 年 1 月 28 日
I S B N：978-986-06047-2-6
定　　價：新台幣 350 元

國家圖書館出版品預行編目 (CIP) 資料

我是自願讓他殺了我/ 逢時著. -- 初版. --
臺北市 : 奇異果文創, 2021.01
面 ; 公分. -- (說故事 ; 15)

ISBN 978-986-06047-2-6 (平裝)

857.7